airiti press

airiti press

airiti press

airiti press

蘇東坡詩文鑑賞

戴麗珠

airiti press

目錄

文選

附錄

前　言

蘇東坡生於宋仁宗景祐三年（西元一〇三六年），卒於宋徽宗建中靖國元年（西元一一〇一年）。

蘇東坡，名軾，字子瞻，號東坡居士。他的詩與黃庭堅齊名，號稱蘇黃；文與唐韓愈、柳宗元、宋歐陽修、王安石、曾鞏、父蘇洵、弟蘇轍（號稱三蘇）並駕，謂為唐宋古文八大家；詞與南宋辛棄疾，號稱蘇辛；書法與蔡襄、黃庭堅、米襄陽，號北宋四大家；畫為文人畫的奠基者，為北宋一代文豪。

蘇東坡為人性情豁達、樂觀、深情、友愛、寬容、品格清高，「高風絕塵」是他在文學與藝術創作上，最高的標的、境界。他的仕宦生涯是很坎坷的，除開他在宋哲宗元祐二年、三年、四年（年五十二～五十四歲），在京師當翰林學士，掀起北宋一代的文風與藝術風潮外，他最後貶謫海南島，有詩：「九死蠻荒吾不恨，茲遊奇絕冠平生。」的豪語。他的傳記有《千古奇才蘇東坡全傳》等，一生受人敬愛。

他所處的時代是個很特別的時代，是個儒、釋、道綜合的社會，蘇東坡終其一生努力完成自我人格的修養，將儒、釋、道精神，融入自我，達成圓融的人生與圓融的個體。

詩

1.飲湖上初晴後雨二首——之二

水光瀲灩晴方好，山色空濛雨亦奇。
若把西湖比西子，淡妝濃抹總相宜。

此詩熙寧六年（西元一〇七三年）春作。瀲灩：水滿的樣子。首句寫晴時的湖光山色，次句寫雨時的湖光山色。再以古代的美女西施作喻，比喻殊妙。最後，擬人化，以素雅或穠麗的淡妝或彩妝，說明西湖在秋冬以素雅之姿顯現，春夏以穠麗之美著名，而不管淡妝或彩妝，西湖都極美。回應前二句。唐代白居易也寫了極多吟詠西湖的詩，而以蘇東坡的這首，最膾炙人口，家喻戶曉，文字簡括清新，尤其後兩句為歌詠西湖的名句。最後，我們以清王文誥的評語作結。其文曰：「此是名篇，可謂前無古人，後無來者。公凡西湖詩，皆加意文色，變盡方法。」

翻譯：

麗日照射下輕波蕩漾，光影滿湖，晴天的湖景是美好的。

山色迷濛，似一層層輕紗，增加了湖面的層次感，雨天的湖景，也是極奇妙的。

如果把西湖比作古代的美女西施。

不管是素雅的淡妝（秋冬）或穠麗的彩妝（春夏），西湖都極美，總是十分合適，妍麗非常。

補充：

以為學者參考。

飲湖上初晴後雨二首——之一

朝曦迎客豔重岡，晚雨留人入醉鄉①。
此意自佳君不會，一杯當屬水仙王②。

①唐・王績作醉鄉記。
②水仙王指西湖旁的廟名。

2.吉祥寺賞牡丹

人老簪花不自羞，花應羞上老人頭。
醉歸扶路人應笑，十里珠簾半上鉤。

此詩作於熙寧五年（西元一〇七二年）三月。寫賞牡丹花而興起詩意，寫實寫景也寫意，令人覺得意趣橫生。

吉祥寺在杭州安國坊，當地多種牡丹，蘇東坡有一篇〈牡丹記〉敘寫這件事，文曰：「……三月二十三日，予從太守沈公，觀花于吉祥寺僧守璘之圃。」又說：「州人大集，自輿台皂隸皆插花以從，觀者數萬人。」

這首詩翻用唐人詩意，自然不生硬。如：首兩句翻用唐劉禹錫看牡丹：「今日花前飲，甘心醉數杯。只愁花有語，不為老人開。」末兩句翻用唐杜牧詩句：「春風十里揚州路，卷上珠簾總不如。」

前人評首兩句曰：「意思尤長。」評後兩句曰：「二句雅音，亦熟調。」又曰：「自然。」

其實，這首詩寫實又充滿趣味。

宋時，遇有喜慶則戴花，稱為簪花。

翻譯：

人老了還插上花枝，縱使不自覺可羞，
花枝也會羞於插在老人頭上吧！
醉後回家，顛危地扶著走路，路人都在笑，
十里長街的人家，多半捲起珠簾，在睜眼瞧。

3. 王維吳道子畫

何處訪吳畫？普門與開元。
開元有東塔，摩詰留手痕。

吾觀畫品中，莫如二子尊。
道子實雄放，浩如海波翻。
當其下手風雨快，筆所未到氣已吞。
亭亭雙林間，彩暈扶桑暾。
中有至人談寂滅，
悟者悲涕迷者手自捫。
蠻君鬼伯千萬萬，相排競進頭如黿。
摩詰本詩老，佩芷襲芳蓀。
今觀此壁畫，亦若其詩清且敦。
祇園弟子盡鶴骨，心如死灰不復溫。
門前兩叢竹，雪節貫霜根。
交柯亂葉動無數，一一皆可尋其源。
吳生雖妙絕，猶以畫工論。
摩詰得之於象外，有如仙翮謝籠樊。
吾觀二子皆神俊，
又於維也斂衽無間言。

此詩為蘇東坡詩「鳳翔八觀」中的一首，蘇轍也作了一首。蘇詩清空如話，詩格超妙不群。先就總體而言，此詩就王維、吳道子的兩幅有關佛教的壁畫，對兩人的畫風進行評論。先用六句總敘兩人的畫，後各以十句分論兩家，讚揚他們的畫技高超神俊；最後六句又合評兩家，揚王抑吳，表示對王維的更大敬佩，反映出蘇東坡追求文人畫的審美趨向。

詩以史遷合傳、論、贊之體作詩，開合離奇，音節疏古。道子下筆如神，篇中摹寫亦不遺餘力。將言吳不如王，乃先於道子極意形容，正是尊題法。後稱王維，只云畫如其詩，而所以譽其畫者甚淡，顧其妙在筆墨之外，自能使人於言下領會。更不必如「畫斷」鑿鑿指為神品、妙品。此詩下筆鄭重，變化跌宕，至末始以數語劃明等次，雖意已盡，而流韻正復無窮。

底下列論古人的評語，以為讀者了解此詩的參考。

(1)起處奇氣縱橫，而句句渾成深穩：「交柯」二句妙契微茫，凡古人文字，皆如是觀。

(2)「吳生雖妙絕」以下，雙收、側注，寓整齊於變化之中。

(3)坡詩絕人處在議論英爽，筆鋒精銳，舉重若輕，讀之似不甚用力，而力已透十分，此天才也。

(4)「何處訪吳畫」六句，雙起。「祇園弟子盡鶴骨」二句，刻劃入微。「吳生維妙絕」六句，雙結。

(5)浩翰淋漓，生氣迴出，古所未有，實東坡獨立千古之作。「亭亭雙林間」到「頭如黿」一氣六句，真「筆所未到氣已吞」，其神彩，固非一字一句之所能盡。

(6)必合讀全篇，方能見東坡詩風「筆所未到氣已吞」之妙。

(7)「門前兩叢竹」四句是東坡言畫竹之法。

(8)古人得意語，皆是自道所得處，所以衝口即妙，千古不磨。而陶、杜、韓、蘇、黃尤妙。

(9)此詩乃神品妙品，筆勢奇縱，神變氣變，渾脫溜亮，一氣奔赴中，又頓挫沉鬱，所謂「海波翻」、「氣已吞」、「一一皆可尋其源」、「仙翮謝樊籠」等語，皆可狀此詩，真無閒言。

⑽「筆所未到氣已吞」與杜甫〈曹將軍〉丹青引句「一洗萬古凡馬空」此二句，二公之詩，各可以當之。

注釋：

①普門、開元：兩寺名，皆在鳳翔。
②摩詰：王維。
③尊：指地位高貴。
④雙林：傳是釋迦牟尼佛去世之地。
⑤扶桑：在日出之處。
⑥暾：初升太陽。
⑦至人：指釋迦牟尼佛。
⑧寂滅：佛語，即「涅槃」，實指死亡。佛教講輪迴，講因果，今天我們活著為的就是報前世的因，修來世的果，我們今天做得好，來世就會幸福；我們今天做得不好，來世就會受難。
⑨悟者、迷者：均指佛祖的眾弟子。
⑩蠻君鬼伯：各種妖魔鬼怪。
⑪相排競進頭如黿：句粗獷，黿：鱉。
⑫芷、蓀：皆香草名。
⑬敦：敦厚，王維詩字字清，字字厚。
⑭祇園：「祇樹給孤獨園」的簡稱，釋迦牟尼佛在此宣揚佛法多年。
⑮鶴骨：形容畫中人物清癯。
⑯交柯：互相交錯的枝幹。
⑰畫工：畫匠。

⑱象外：形象之外，即指內在精神。
⑲翮：鳥翎上的莖，借指鳥。
⑳斂衽：整理衣襟，表示尊敬。
㉑間言：異議。

翻譯：

到哪裡訪求唐吳道子的畫？在鳳翔的普門寺與開元寺。

在開元寺有一座東塔，唐王維在此留下畫蹟。

我看畫品裡，沒有比他們二人地位高貴的。

吳道子的畫風實在奇雄奔放，畫風浩蕩彷彿翻滾的海中波浪。

當他下手畫畫筆勢像風雨般快捷，畫筆未到氣勢已到。

他畫釋迦牟尼佛去世的雙林景色，彩筆暈染初升太陽的日出之處。

畫中有釋迦牟尼佛對弟子談涅槃之道。

悟道的弟子悲傷涕泣，迷惑的弟子捫心自問。

各種妖魔鬼怪千萬萬，他們互相排隊競進，頭多得像鱉甲。

王維本來是詩人，佩帶香草，散發芬芳。

今天我看他畫的壁畫，也像他的詩一樣清新敦厚。

釋迦牟尼佛宣法的祗園弟子，全部瘦削清癯，心像死灰不再溫熱。

佛門前兩叢竹枝，清白的氣節貫穿雪白的竹根。

互相交錯的枝幹和隨風拂動的無數竹葉，一片片都可以尋找出他的源頭。

吳道子的畫風，雖然絕妙奇絕，我們還是把他看成畫匠。

王維的畫，得到內在的精神，好像鳥兒飛出樊籠。

我看兩人的畫風都很有神俊拔。

又特別對王維的畫尊敬，沒有異議。

4.雨中遊天竺靈感觀音院

蠶欲老，麥半黃，前山後山雨浪浪。

農夫輟耒女廢筐，白衣仙人在高堂。

此詩作於熙寧五年（西元一〇七二年），在通判杭州任上。蠶桑、農作物都還沒有收成，卻豪雨漫漫。詩人體念民生的疾苦，而以靈感觀音依然高高在上為諷。

天竺靈感觀音院，在浙江杭州靈隱寺南，此為七言歌行。首三句如古諺謠，古人評：「三句，似諺似謠，盎然古趣。」古諺謠如樂府詩中的「衛皇后歌」，歌曰：「生男無喜，生女無怨，獨不見衛子夫霸天下。」又評：「精悍遒古，刺當時不恤民，妙在不盡其詞。」

注釋：

①浪浪：指雨聲響，雨勢大。

②輟：為止意。

③白衣仙人：指白衣觀音。

翻譯：

蠶做繭，麥子半熟，前山後山卻大雨淋浪，下個不休。農夫停止耕種，婦女也不能蠶桑，只有白衣觀音還高高在上的坐在高堂上。

5.辛丑十一月十九日，既與子由別於鄭州西門之外，馬上賦詩一篇寄之

不飲胡為醉兀兀，此心已逐歸鞍發。
歸人猶自念庭闈，今我何以慰寂寞？
登高回道坡壠隔，但見烏帽出復沒。
苦寒念爾衣裘薄，獨騎瘦馬踏殘月。
路人行歌居人樂，童僕怪我苦淒惻。
亦知人生要有別，但恐歲月去飄忽。
寒燈相對記疇昔，夜雨何時聽蕭瑟。
君知此意不可忘，慎勿苦愛高官職。

此詩作於嘉祐六年（西元一〇六一年）冬天。嘉祐六年是蘇軾兄弟參加進士第策試的一年，八月二日兩兄弟參加策試（刑賞忠厚之至論），軾入最高等的第三等，轍入第四等。仁宗很高興，回宮告訴皇后說：「朕今日為子孫找到兩位宰相。」蘇軾被簽任鳳翔簽判，蘇轍留在開封侍奉父親，這是兩兄弟的第一次離別，蘇轍從開封一直送過鄭州。蘇軾寫此詩寄給蘇轍，圍繞分別一事，盡情述說，文筆起伏跌

宕，抒發兄弟間難割捨的親情。

題目「辛丑十一月十九日」，寫分別的時間，在隆冬時節。「既與子由（蘇轍）別於鄭州（河南汜水）西門之外」，寫分別之地。馬上賦詩一篇寄之。這是一首七言古詩，以文為詩，寫須別卻不想分離之情，更見兄弟情深。

清人言：「起句突兀有意味，前敘既別之深情，後憶昔年之舊約，『亦知人生要有別』，轉進一層，曲折通宕。」此詩一出筆就不同凡人，收筆更見兄弟情深。首兩句先寫己情，起得飄忽，詩曰：「不飲胡為醉兀兀，此心已逐歸鞍發。」寫沒有飲酒而神情如醉，一顆心不是向著西行，卻隨著蘇轍折向東回，落墨就顯得感情橫溢。次兩句再由對方寫向自己，首四句以情出發，寫得情感真摯。詩曰：「歸人猶自念庭闈，今我何以慰寂寞？」

接著四句，再由自己寫向對方，寫眼中所見之景。五、六兩句表現難以言喻的景象。清・紀昀說：「這兩句寫難狀之景。」七、八兩句寫蘇轍回程，在殘月下獨行的形象。詩曰：「登高回道坡壠隔，但見烏帽出復沒。苦寒念爾衣裘薄，獨騎瘦馬踏殘月。」首先，寫烏帽的「出復沒」，使作者翹首回望的依依情態，非常突出。寫依依不捨之情。當時是寒冬，蘇轍走在雪地上，烏帽容易映現，句法很妙。到了望不見之後，又在腦際浮現了歸程上的蘇轍衣裘單薄，瘦馬、殘月的形象。寫來筆筆深入。更見藝術手法的高妙。

接著四句敘事，先寫人人都很快樂，只有蘇軾因為與弟弟蘇轍離別，而顯得感傷。接著兩句一轉，想到人生總免不了離別，又怕時間消逝得太快。詩曰：「路人行歌居人樂，童僕怪我苦淒惻。亦知人生要有別，但恐歲月去飄忽。」

末後，想到夜雨對床的約言，覺得高官厚祿並不值得留戀，更見兄弟情深。末後四句，由回憶見兄弟情深，再以叮嚀作結。「寒燈相對記疇昔，夜雨何時聽蕭瑟。」寫兄弟曾相約，將來及早偕隱。末兩句：「君知此意不可忘，慎勿苦愛高官職。」作者自註：「嘗有夜雨對床之言，故云爾。」此詩前人言：「筆筆突兀有奇氣。」表現蘇東坡友愛、深情、淡泊名利的性格。

注釋：

①兀兀：身心勞累，昏醉。
②歸人：指蘇轍。
③庭闈：父母起居的地方。
④坡壠：山坡坵壠。
⑤淒惻：感傷。
⑥飄忽：指消逝得太快。語出：「晉・陸機〈歎逝賦〉：『時飄忽而不再。』」
⑦疇昔：指從前共讀唐人詩。即讀唐・韋應物詩。
⑧夜雨：語出「唐・韋應物：『寧知風雨夜，復此對床眠』」。蘇轍有詩言夜雨對床之事，詩曰：「逍遙堂後千尋木，長送中宵風雨聲。誤喜對床尋舊約，不知漂泊在彭城。」蘇軾〈在東府雨中作示子由〉：「對床空悠悠，夜雨今蕭瑟。」又〈初秋寄子由〉：「雪堂風雨夜，已作對床聲」亦言此事。
⑨蕭瑟：指雨聲。

翻譯：

沒有飲酒，為何顯得昏醉身心勞累？

我的一顆心已經隨著蘇轍您騎的要回開封的馬，跟著您回去了。

蘇轍您還念念不忘在開封的父親，

可是今天的我如何來安慰老父的寂寞？

登上高處回頭望向您回去的歸途，但是視線卻被山坡和丘陵隔絕，

只見您的烏紗帽在雪地中一下出現一下不見。

是深冬時節，想到您衣衫單薄，

獨自一個人騎著瘦馬踏著殘月回去的景象。

路上的行人一面走一面唱歌，村野的居民顯得很快樂，

小童僕人都怪我一直現出悲苦感傷的表情。

我也知道人生免不了要有離別的時候，

只是怕日子消逝得太快。

記得從前在寒冷的油燈下面對面共讀唐人韋應物的詩，我倆相約以後要及早偕隱，

在雨夜下，什麼時候我們還能床對床共同聽雨聲？

您要記得我們偕隱的約定，不可以忘記，

千萬不要久戀高官厚祿。

6.和文與可洋川園池三十首之四首

其一：湖橋

朱欄畫柱照湖明，白葛烏紗曳履行。

橋下龜魚晚無數，識君拄杖過橋聲。

和即唱和，依他人的押韻而作的詩，是古典詩的作法之一，即詩體的一種。如：蘇東坡很喜歡陶淵明詩就依陶淵明詩用的韻，而有和陶詩。此為和文同的詩，一共三十首，清人言：「俱清新之作。」又云：「此詩不甚假腕力，而遒勁秀媚，有筆外意，詩亦多清麗可喜。」文與可即文同，號笑笑先生，北宋的詩人、文人與畫家，尤擅畫竹，今國立故宮博物院還有他的畫竹墨寶，是蘇東坡的表兄。洋川即洋州，今陝西洋縣。此三十首全為七言絕句。三十首各自為意，湖橋總起。

這四首既寫園景，更著重烘托人物，文與可的儀態、情操、生活均躍然紙上。

湖橋一詩明媚閑雅，寫園景也寫文同的遊園生活，字句逼真而空靈，令人如見文人雅士園居生活的愜意。末句更加強烘托文與可的瀟灑安閑。第二句寫文與可瀟灑安閑的儀態。首句用顏色字一「朱」字，點活了全詩，次句又用一「白」字，一「青」字，寫文人雅士的素淡美感。

翻譯：

紅色的欄杆，彩繪的廊柱，映入明淨的湖水中，
你披著白葛衣、戴著烏紗帽，拖著鞋在走路。
近黃昏時，橋下無數的龜魚在洄游，
我也聽熟了你拿著拐杖經過湖橋的聲音。

其二：霜筠亭

解籜新篁不自持，嬋娟已有歲寒姿。
要看凜凜霜前意，須待秋風粉落時。

此詩詠竹，寫來清新自然，令人由竹而想像文同的情操，以及蘇軾對他的讚美，整首詩借物擬人，具有空靈之美。謝靈運有詩：「初篁苞綠籜」。

注釋：

①籜：竹皮。
②篁：筍殼，皆竹名。
③嬋娟：美好之意。
④歲寒：一年的寒冬。
⑤粉：指竹膚的粉。

翻譯：

脫落了竹籜的新竹，還不太勁健，
但體態美好，已有耐寒的素質。

要看它在嚴霜面前的凜然意態，須等到起了秋風，竹粉掉落，漸成老竹的時候。

其三：篔簹谷

漢川修竹賤如蓬，斤斧何曾赦籜龍。
料得清貧饞太守，渭濱千畝在胸中。

此詩又見於蘇東坡〈篔簹谷偃竹記〉一文，漢川指漢水，斤斧指斧頭，籜龍指竹筍，借喻竹。「料得清貧饞太守」古人以為用語粗獷、猛大、粗俗、粗惡，字句太笨，有傷風雅。我個人認為：「蘇軾畫論，認為繪畫必須胸有成竹，此詩以嬉笑之筆寫竹，也寫文同食竹在胸，詼諧之致。」渭濱指渭水。

翻譯：

漢水上的竹子多得賤如蓬草，
在斧頭的砍伐之下，那裡曾經放過這些竹子。
料想到清貧愛吃竹筍的文同，
渭水旁的千畝竹林都被他吃到胸中了。

其四：此君菴

寄語菴前抱節君，與君到處合相親。
寫真雖是文夫子，我亦真堂作記人。

竹是清風亮節的象徵，文同喜竹、愛竹且畫竹；蘇軾此詩借文同之情操，表現自己亦是喜竹、愛竹、畫竹之人。此詩古人言：「波峭多姿」，又云：「灑落語，不必求工。而意致殊勝。」

注釋：

①抱節君：乃蘇東坡新語，指竹子。

②寫真：一語出自唐明皇〈題梅妃畫真〉，即畫肖像，此指畫仿。

③文夫子：指文同，「真堂」即寫真的默君堂，蘇軾有〈墨君堂記〉一文。

翻譯：

為我告訴菴前的竹子，無論到那裡，都和你相親相近。

為你畫像的人雖是文同，我也是默君堂為你作記的人。

以上四詩作於熙寧九年（西元一〇七六年）蘇軾於密州時作。

7.和子由澠池懷舊

人生到處知何似，應似飛鴻踏雪泥。
泥上偶然留指爪，鴻飛那復計東西。
老僧已死成新塔，壞壁無由見舊題。
往日崎嶇還記否？路長人困蹇驢嘶。

此詩是嘉祐六年（西元一〇六一年）冬，蘇軾途經河南澠池，入陝西，就任鳳翔府簽判，得到蘇轍寄詩——懷澠池寄子瞻兄，因而和韻。現在，我們看蘇轍〈懷澠池寄子瞻兄〉：「相攜話別鄭原上，共道長途怕雪泥。歸騎還尋大梁陌，行人已度古崤西。曾為縣吏民知否？舊宿僧房壁共題。遙想獨遊佳味少，無言騅馬但鳴嘶。」「△」的記號就是韻腳，兩詩一比較，什麼叫和韻，自然明曉。

此詩以雪泥鴻爪比喻人生的無常和人生蹤跡不定，是很有名的詩句。此詩首四句，清・紀昀評曰：「前四句……意境恣邁，即東坡之本色。」又評曰：「空靈」。此四句法唐人，不僅師唐人詩意，也師唐人句法。古人評：「蘇軾這詩用唐人舊格，圓轉自如，很見藝術手法。」

我們看唐・崔顥〈黃鶴樓〉詩：「昔人已乘黃鶴去，此地空餘黃鶴樓。黃鶴一去不復返，白雲千載空悠悠。」

唐・李白〈登金陵鳳凰臺〉詩：「鳳凰臺上鳳凰遊，鳳去臺空江自流。」又〈鸚鵡洲〉詩：「鸚鵡東過吳江水，江上洲得鸚鵡名。鸚鵡西飛隴山去，芳洲之樹何青青。」

蘇軾此詩首四句曰：「人生到處知何似？應似飛鴻踏雪泥。泥上偶然留指爪，鴻飛那復計東西。」四詩一同比觀，其中，異曲同工之妙頓見。

此詩第三句和第四句不按律詩對仗，屬於變格，即單行入律，故此詩為七言律詩的變格。

由於蘇轍詩中有「舊宿僧房壁共題」句，故蘇軾才以此詩鼓勵蘇轍努力向上的精神不可忘，而以之共勉。

此詩用的是微韻，以文為詩，如行雲流水。首四句寫景，也虛寫人生無常；末四句實寫當年的努力不可忘，以情作收。第七句的「崎嶇」指求仕而作的努力。

翻譯：

人生所到之處，同什麼相像？

應該說像天上飛的鴻鳥歇息下來時，踏上了雪中的泥地。

雪中的泥地上偶然留下鴻鳥的爪印，

鴻鳥再飛上天去，那裡又會計較是飛向東還是飛向西？

奉閒和尚已經死了，他的骨灰放在新建的靈骨塔中，

傾頹的牆壁已經沒有辦法再見從前所題的詩。

從前我們為了求仕所作的努力，您還記得嗎？

路是那樣長，人是那樣疲憊，只有跛腳的驢子在嘶叫著。

8.出潁口初見淮山，是日至壽州

我行日夜向江海，楓葉蘆花秋興長。
長淮忽迷天遠近，青山久與船低昂。
壽州已見白石塔，短棹未轉黃茅岡。
波平風軟望不到，故人久立烟蒼茫。

此詩全首不依平仄常格，律詩或絕句，全首不依平仄常格的叫拗體詩。故此詩為拗體七言律詩，以拗體音節來表達被貶的心情，極饒神韻。首四句寫景，寫景美，給人一片秋

涼的美感。後四句敘事兼抒情，給人一片煙雨淒然的美感。古人評：「有古趣，兼有逸趣。」又評：「極自然，極神妙。」又曰：「是短篇極則。」

此詩作於熙寧四年（西元一〇七一年）秋末，蘇軾赴杭州通判任，在途中所寫。這詩寫淮河秋景，抒發離朝日遠，寄身江海的情懷。

注釋：

①潁口：指安徽潁上縣。

②淮山：指淮河。

③壽州：在安徽。

④秋興：指秋日引起的感懷。杜甫有〈秋興八首〉，又有詩句：「秋來興甚長」。

⑤白石塔：為碼頭上的燈塔名。

⑥短棹：指小船。

⑦黃茅岡：為渡口的地名，又見於唐・白居易〈山鷓鴣〉：「黃茅岡頭秋日晚，苦竹嶺上寒月低。」

⑧風軟：指秋風很溫和。

⑨烟蒼茫：指江海烟雨，一片迷茫。

翻譯：

我的行程日日夜夜走向長江大海，兩岸楓葉飄紅，蘆花泛白，一派涼秋景象，使人感懷甚多。

船出潁口，開入淮河，驟感天水迷茫，不知遠近；船隻隨波上下，在船上望見青翠的淮山，也好像時高時低，與船隻互為起伏。

船到安徽壽州已經看見了岸邊的白石塔，小船卻還沒轉入黃茅岡渡口。

水波很平靜，秋風很溫和，看得見壽州而尚未到，

老朋友們在一片烟雨蒼茫中，站著等我想必已經等很久了。

9.臘日遊孤山訪惠勤、惠思二僧

天欲雪，雲滿湖，樓臺明滅山有無。
水清石出魚可數，林深無人鳥相呼。
臘日不歸對妻孥，名尋道人實自娛。
道人之居在何許？寶雲山前路盤紆。
孤山孤絕誰肯廬，道人有道山不孤。
紙窗竹屋深自暖，擁褐坐睡依團蒲。
天寒路遠愁僕夫，整駕催歸及未晡。
出山迴望雲木合，但見野鶻盤浮圖。
茲遊澹薄歡有餘，到家恍如夢蘧蘧。
作詩火急催亡逋，清景一失後難摹。

這是一首記遊詩，敘寫孤山的冬景。由此詩體現了詩人捕捉形象的長技，蘇軾對描寫物態，具有敏銳的觀察力，和強度的表現力。他說：「求物之妙，如繫風捕影。」風與影都是瞬息變化的，要在瞬息間捕捉它，點染或富於畫意的形象，是他的主張。

這詩摹寫清景，著墨不多，但很概括。此詩作於熙寧四年（西元一〇七一年）冬，寫孤山雪前景象，晝暮的變化不同，各有形態。紀昀評曰：「忽疊韻，忽隔句韻，音節之妙，動合天然，不容湊泊，其源出於古樂府。」這是就詩的作法和音樂性而言。

舊以十二月為臘月，臘日指十二月一日，孤山在杭州西湖的裡湖與外湖之間，一坡孤聳，又多梅花，為湖山絕勝處。惠勤：詩僧，長於詩；惠思：詩僧，曾與王安石酬唱。

首四句寫景，前三句寫遠望之景，「樓臺明滅山有無」寫明朗的遠山，有如王維的詩句：「江流天地外，山色有無中。」第四句「水清石出魚可數」，出自樂府〈豔歌行〉：「水清石自見。」五、六句寫清景如繪，以上為入山之景。五、六句亦為近接之景。

接著四句以文入詩，敘事點題。首二句寫遊孤山為自娛，接著二句寫未至所見。接著四句亦敘事，首句「孤山孤絕誰肯廬」，接法妙絕。「道人有道山不孤」已於言外得之，這二句自為開合，亦以字面錯綜複出生姿。《論語》有言：「德不孤，必有鄰。」接著二句寫既造其屋所見。

接著四句寫景，詩之警動處在後二句：「出山迴望雲木合，但見野鶻盤浮圖。」寫出山之景，寫難狀之景，於分明處寫出迷離，與起五句相對照；與前詩：「但見烏帽出復沒」同一寫法。

最後四句以情收，寫覺醒作詩。首句：「茲遊澹薄歡有餘。」應前實自娛，次句：「到家恍如夢蘧蘧。」蘧蘧：指形貌清切。最後「作詩火急催亡逋，清景一失後難摹。」寫創作在捕捉靈感，是詩旨。而「清景」為一篇之大旨。

古人評此詩：「下句，無一處可搖動，天然之作。」又：「語語清景，亦語語自娛。」又曰：「神妙。」

翻譯：

天要下雪，雲氣瀰漫湖上，樓閣臺榭若明若暗，山色若有若無。

水很清澈，岩石突出，水中的魚兒歷歷可數，

山林幽靜，了無人煙，只聽到鳥聲互相呼應。

十二月一日不回家同妻兒相聚，

假借要尋訪詩僧，實際是為了自尋快樂。

詩僧的山居在那裡？

在寶雲山山前彎彎曲曲的路途上。

孤山孤零零的，有誰肯住下來？

詩僧都很有名，所以住在孤山就不會孤寂。

到了詩僧的山居，只見紙糊的窗戶，竹子架構的屋宇，深居其中，自覺溫暖，

他們都抱著黃黑色的僧衲，坐著睡在坐禪的蒲團上。

天很冷，路途遙遠，僕人都很擔心，

整理好馬車催促我，趕在黃昏以前回家。

離開孤山回頭看，樹木全給濃雲遮蔽了，

只看到野鳥（鷙鳥）在佛塔上盤桓。

這次的遊歷恬靜歡心不已，

回到家彷彿作了夢，夢中情景親切可憶。（到家後，彷彿夢醒而情景俱在。）

趕緊作詩，心急得像在捕捉逃亡者，

清澈的景象，如果一失去，以後就很難再捕捉。

10.除夜直都廳，囚繫皆滿，日暮不得返舍，因題一詩於壁

除日當早歸，官事乃見留。

執筆對之泣，哀此繫中囚。

小人營餱糧，隨網不知羞。

我亦戀薄祿，因循失歸休。

不須論賢愚，均是為食謀。

誰能暫縱遣？閔默愧前修。

此詩為五言古詩，於熙寧四年（西元一〇七一年）在杭州作。表現蘇東坡以文為詩的精神，自自然然，像說話一樣，一句承一句。這詩為獄中囚犯所作，表達人溺己溺，人飢己飢的傳統人本思想。同情百姓、惻隱之心，歷歷可見。這是由於古代教育不普及，民風質樸，如清・沈德潛的《擊壤歌》：「日出而作，日入而息，鑿井而飲，耕田而食，帝力於我何有哉？」表達古代百姓，只求自給自足，溫飽即可，不管權勢，也就是「天高皇帝遠」的出處，因而，蘇東坡才有此作，關懷百姓。但是，今天，民智已開，所有的官吏都是老百姓選出來的，社會、國家要好，老百姓要全盤負責，自己選出來以後，自己來抗爭，來爭權奪利，又有何意義？　孫中山先生說得很清楚，官吏要為老百姓服務，是人

民的公僕。現代無論官吏或百姓都應知守法，要有倫理秩序，道德觀念要有負責任的精神。

此詩首四句敘事兼抒情。接著四句對比寫無奈，後四句以情收，先寫老百姓和自己都是為了生活而不能回家團聚，表現蘇東坡沒有階級觀念，對老百姓同情之心，油然而生。

注釋：

①除夜：指除夕夜。

②直：同「值」同音假借，留守的意思。

③部廳：杭州官署名。

④囚繫：指犯鹽法（新法）的百姓。

⑤見留：為被動式，指被留下來留守。

⑥小人：指小老百姓。

⑦餱糧：乾糧，泛指食物。

⑧因循：指為官事拖延下來。

⑨閔默：「閔」同憫，指心憂而無言。白居易詩：「閔默秋風前。」

⑩前修：指史載漢高祖劉邦、唐太宗李世民、魏晉南北朝多人都有縱囚的史事，蘇東坡也有文「縱囚論」評之。

翻譯：

除夕本應早點回家，但給官事留住了。

提起筆來，對著在押的犯人流淚；心中為他們感到悲傷。

小民為了營課生活，觸犯刑法而不知羞辱。

我也留戀微薄的俸祿，拖延下來，耽誤了歸期。

不論官吏、小民，一樣是為了謀生。

我誰能暫放他們回去呢？我惻然無語，自覺有愧於古代有品德的人。

11.六月二十七日望湖樓醉書五絕

「望湖樓」為西湖十景之一，另有〈和蔡準郎中見遊西湖三首〉，古人謂：「蘇東坡此八首寫西湖之神，隨手拈出，可謂天才。」，這五首詩皆為七言絕句，寫於熙寧五年（西元一〇七二年）。

其一：

黑雲翻墨未遮山，白雨跳珠亂入船。
卷地風來忽吹散，望湖樓下水如天。

此詩首兩句，以對仗起句，句法精工。古人評：「陰陽變化開闔於俄傾之間，氣雄語壯，人不能及。」此詩寫湖上下雨的景色，即西湖雨景，雨來得快，收得快，雨後景象清新，很寫實地表現出夏天陣雨的圖景。首兩句一「黑」字，一「白」字，為顏色對，「翻墨」和「跳珠」是動詞對，用語也下得奇，「未遮」對「亂入」，「山」對「船」，寫雨勢雨景，句法傳神。白居易有詩：「赤日見白雨。」（〈見悟真寺〉詩），此詩給我們一種詩意和清新的動感和美感，令人回味無窮。

翻譯：

黑雲像濃墨般翻滾過來，還未全把山遮住；
白色的雨點，已急如跳珠亂灑入船。
捲到地面的大風，忽然把驟雨吹散；
望湖樓下的湖水和長空一樣明淨，水天一色。

其二：

放生魚鱉逐人來，無主荷花到處開。
水枕能令山俯仰，風船解與月徘徊。

這詩寫西湖水景，頭兩句借魚鱉、荷花表現悠然自得之景。末兩句寫人與景無拘無礙，十分自然放逸。古人評：「東坡七絕可愛，趣多、致多。」由此詩可見。首兩句亦如前首，以對仗起句，工巧自然。純寫景，但借物擬人，表現閑散之情。「無主荷花」指野生的荷花。末兩句寫風致，亦以對仗收，所以，此詩兩兩相對，為絕句中之妙品，遣詞造句美，表現意境妙。枕臥船上，故曰：「水枕」，夏風襲船而行，故曰：「風船」。表現人與自然合一，放情自然的超妙詩境。

翻譯：

放生於湖裡的魚和鱉甲，追逐人影，成群游來；
野生的荷花，隨處盡情開放。

枕臥船上，聽令水波盪漾，看見山峰隨船一俯一仰；
入夜後風中的湖船似也會同月亮往來。

其三：

烏菱白芡不論錢，亂繫青菰裹綠盤。
忽憶嘗新會靈觀，滯留江海得加餐。

這詩寫採菱、採水生野果、野菜的情趣，末兩句回憶前景，而今更添新意。此詩寫東坡寄情江海，一片瀟脫的情懷。首兩句顏色字用得多，一「烏」字，一「白」字，一「青」字，一「綠」字，產生繽紛的美感。「白芡」是水生的果類植物，一「亂」字，有「隨意」的意思。「綠盤」指裝東西的大盤，韓愈有詩：「平池散芡盤。」第三句「嘗新」指品嚐新出的物產，「會靈觀」在京城，此句寫勾起往日的回憶；最後一句宕開一筆，放開胸襟，在江南水鄉（「江海」）盡情享受，多吃些江南物產吧，一片灑脫放逸。

翻譯：

黑色的菱角白色的水中果蔬，多得不值錢；
隨意採青色的菰菜，捆載滿盤。
忽然回想起從前在京師的會靈觀品嚐新鮮的物產；
現今逗留在江南水鄉可以吃得更多。

其四：

獻花游女木蘭橈，細雨斜風濕翠翹。

無限芳州生杜若，吳兒不識楚辭招。

這詩寫西湖女孩為詩人獻花的熱情，由花而想到《楚辭》的香草美人（喻君子），反襯西湖女孩的純真和快樂。古人評此詩：「更饒情致。」此詩用了《楚辭》〈招魂〉、〈大招〉的典，且於古典中，反襯當代女孩的活潑可愛。首兩句敘事，最後以典反托當代女孩作結。「橈」指船槳，第一句「木蘭橈」指用木蘭樹彫成的木蘭舟；第二句「翠翹」指翡翠鳥尾巴的長毛，這裡借喻為首飾。第三句「洲」指水中的高地，「杜若」指香草，「吳兒」指獻花的游女，「楚辭招」指《楚辭》中的〈招魂〉、〈大招〉篇。最後兩句敘事兼抒情，最後以情收。《楚辭》有：「采芳州兮杜若，將以遺兮下女。」「下女」指人間女子。

翻譯：

木蘭舟上的游女冒著斜風細雨給我送花，頭上的首飾翠翹也弄濕了。

無盡的洲渚長著杜若，一片芳香；這些天真瀾漫的吳中兒女，可不知道《楚辭》歌頌的香草，有多麼深長的意義。

其五：

未成小隱聊中隱，可得長閑勝暫閑？
我本無家更安往？故鄉無此好湖山！

這首詩寫隱於仕宦之中，偷得浮生半日閒，而寫出西湖的美姿，也發掘了西湖當地人的生活，作者融入其中，西湖成了第二故鄉。詩中的「小隱」、「中隱」，見於白居易中隱詩：「大隱住朝市，小隱入丘樊。丘樊太冷落，朝市太囂喧。不如作中隱，隱在留司官。似出復似處，非忙亦非閒。唯此中隱士，致身吉且安。」「可得長閑勝暫閑」出於白居易詩：「偷閑意味勝長閑」。

翻譯：

未能回到山林做小隱，姑且安於居官做個所謂中隱。
可以得到長久休閑勝於忙裡偷閑。
我本來就沒有家，還要到那兒去？
故鄉四川眉山沒有如此美好的湖山光山色。

12.孫莘老求墨妙亭詩

蘭亭繭紙入昭陵，世間遺跡猶龍騰。
顏公變法出新意，細筋入骨如秋鷹。
徐家父子亦秀絕，字外出力中藏稜。

嶧山傳刻典型在，千載筆法留陽冰。
杜陵評書貴瘦硬，此論未公吾不憑。
短長肥瘠各有態，玉環飛燕誰敢憎。
吳興太守真好古，購買斷缺揮縑繒。
龜趺入座螭隱壁，空齋晝靜聞登登。
奇蹤散出走吳越，勝事傳說誇友朋。
書來乞詩要自寫，為把栗尾書溪籐。
後來視今猶視古，過眼百世如風燈。
他年劉郎憶賀監，還道同時須服膺。

此詩熙寧五年（西元一〇七二年）作於杭州。對歷代書家提出自我的見解，也提出自己對書法的看法，而且對孫莘老的用心，格外的讚揚；清・紀昀云：「句句警拔，東坡極加意之作。」

孫莘老本名孫覺，高郵人，湖州知州。「墨妙亭」乃孫莘老收藏秦漢以來，古文遺刻的亭。本詩前八句評書家書法，一句緊扣一句，句勢緊拔。純屬客觀議論。首兩句寫王羲之的蘭亭序，第一句用了「蕭翼賺蘭亭」與唐太宗攜蘭亭與他永埋「昭陵」的故事，第二句寫傳世的摹本還是虎虎有勢。

接著承首兩句，寫顏真卿的字「變法出新意」，表示顏魯公是突破寫毛筆字體，表現自我個性的第一人，而筆力細勁如「秋鷹」般遒勁有骨力。接著再寫唐・徐嶠之、徐浩父子的字由顏字的雄氣而到秀麗婉約的書風，筆裡藏鋒。以上談的是帖字。第七、第八句寫碑學，秦嶧山碑的書風依然傳世不衰，一千年來嶧山筆法由唐・李陽冰傳承。

然後在平鋪直敘，侃侃而談之際，突然筆風一轉提出自己的書論，承接自然之外，又用反詰語加強肯定自己的見解。首先反對杜甫「書貴瘦硬」的看法，然後，提出自己的觀點，認為每個人有每個人的自我風格（「短長肥瘦各有態，玉環飛燕誰敢憎？」）。

接著八句點題，盛讚孫莘老的用心。孫莘老（「吳興太守」）真是喜愛古石刻，為了買古石刻，揮霍金錢。破題之後，接著兩句描寫在亭中刻石，然後加強說明孫莘老喜歡瑰奇的古書法的用心，傳得朋友們都知道了；更見其用心良苦。然後寫孫莘老要蘇東坡親自把筆書寫墨妙亭詩，與題目隱合。

最後，說人生無常，自己與孫莘老能如唐人劉禹錫和賀知章能在同代為友，對孫莘老非常佩服作結。本詩起筆敘事，由議論書家到扣題描述孫莘老的用心，層層分述，井然有序，最後，感歎以情收筆。古人云：「東坡深於書，故評書有獨到語；此詩為七言古詩，豐約合度，姿態可觀，舉重若輕，議論英爽」；所以，古人認為東坡此詩為「天才之作」。

翻譯：

王羲之的《蘭亭集序》隨著唐太宗埋入昭陵，世間遺留下的摹本字跡飛動有勢；

顏真卿的書法變化傳統，表現自我的個性；在雄壯書形下，表現筆力細硬如筋，雄秀入骨，恍如秋天的蒼鷹；

唐代徐嶠之、徐浩父子書風秀麗絕塵，筆勢遒勁有力而不露鋒芒；

秦嶧山碑傳世刻本典範尚存，一千年來嶧山碑的筆法由李陽冰所承繼。

杜甫品評書法看重筆力要瘦硬，這個論點不公允，我不依據；

書法寫得短長胖瘦，各有各的美；楊玉環（胖）、趙飛燕（瘦），有誰敢說他們不美？

孫莘老真正愛好古書法，為了購買斷簡殘碑，不惜揮霍金錢；

把碑刻安置在龜趺座上，或嵌在亭壁間；空空的書齋在大白天只靜靜地聽到刻碑的聲音；

瑰奇的古書法四佈散出江浙地區；他喜愛古書法刻碑的美事，傳揚開來，被朋友們讚美著；

他寫信給我，要我為他刻碑的墨妙亭作一首詩，並且要我親自書寫；為此，我拿起有名的栗尾筆寫詩在溪藤紙上。

後來的人看今天的我們，就好像今天的我們看過去的人；百代的光陰恍如轉眼間的事；

他日我們彷彿唐代的劉禹錫回憶賀知章，還說我們是同時代的朋友，將來回憶起來，總是衷心敬服的。

13.將之湖州戲贈莘老

餘杭自是山水窟，仄聞吳興更清絕。
湖中橘林新著霜，溪上苕花正浮雪。
顧渚茶芽白於齒，梅溪木瓜紅勝頰。
吳兒膾縷薄欲飛，未去先說饞涎垂。
亦知謝公到郡久，應怪杜牧尋春遲。
鬢絲只可對禪榻，湖亭不用張水嬉。

此詩熙寧五年（西元一〇七二年）冬作於杭州。孫覺向蘇東坡提議築松江隄堰，要蘇軾至湖州查勘水利，此行又可見到好友，又可欣賞好山好水，蘇東坡的心情是極為高興的；所以，本詩出語風趣，雜以嘲戲；蓋才力豪邁有餘，用之不盡，自然如此。表現蘇東坡開闢的筆力，豁達的風範。

這是一首七言古詩，寫情寫景絲絲入扣，情融於景，情景交融，是一首寫景寓情的絕妙好詩。蘇東坡寫此詩正在杭州，杭州是個風景極美的山水名地，所以，詩由自己所在之地說起；再敘述要去的湖州，景色更是清麗秀絕。這兩句開筆敘事、點題、總領全詩；正是，風景絕佳、人情溫暖，所以高興。在這裡用一「清」字，表現蘇軾的審美觀，「清新」是宋人審美的條件之一。

接著承首兩句，用四句對偶句，指寫湖州的「清絕」之景；詩中有畫，不僅是山水勝地，更是物產豐富的地方。太湖湖中有東西二洞庭山盛產橘，韓彥直橘錄：「洞庭柑出洞庭山，皮細味美，其色如丹，其熟最早。」所以，寫景先寫太湖的橘林，新近經霜，白霜覆蓋綠林，這是一美一甜。接著寫苕溪上的蘆葦花，正開花白如浮雪，這又是一雪白潔淨的美感。兩兩對偶，精工典麗。接著再寫顧渚山產的茶芽雪白過於齒牙，綠中嫩白，又是一美；相對著，下一句寫梅溪盛產的木瓜紅熟，甚過人的臉頰，這一紅配上句的一白，豈不是美極？此四句，文字清新，很樸實自然地描繪出一幅生動的湖州風物圖。

接著寫湖州的民情，首先寫湖州人切肉絲又快又薄，次寫還沒去就先說垂涎欲滴，最後借杜牧尋春，反托自己的心情，脫然於物外，先用典敘事，即用杜牧故事，點戲字，杜牧悵詩：「待花尋春去較遲，不須惆悵怨芳時」，未兩句亦用杜牧詩句：「今日賓絲禪榻畔，茶煙輕揚落花風。」水嬉指刺使崔元亮招待杜牧的彩舟競渡。

翻譯：

杭州固是山水名區，
聽說湖州風光更是清絕。
大湖橘子林新近經霜，
苕溪上蘆葦花正開花白如浮雪。
顧渚山山上的紫筍茶茶芽潔白過於牙齒，
梅溪的木瓜紅熟勝過人的臉頰。
吳人巧手切肉治餚又細又薄，
我還沒去就先說起來，弄得饞涎欲滴。
也知道孫莘老到湖州做太守已經很久了，
應該說怪我像唐杜牧一樣來遊春太遲了。

我自己已經老了，只能學佛參禪，

您要迎接我，不需要像崔元亮迎接杜牧一樣，舉行彩舟競渡。

14.秀州報本禪院鄉僧文長老方丈

萬里家山一夢中，吳音漸已變兒童，

每逢蜀叟談終日，便覺峨眉翠掃空，

師已忘言真有道，我除搜句百無功，

明年採藥天臺去，更欲題詩滿浙東。

這是一首七言律詩，秀州今浙江嘉興，報本禪院唐名，宋為本覺寺，鄉僧指四川同鄉的和尚，文長老指文及，方丈和尚的稱號。首兩句敘事，三、四、五、六句妙極，由景生情，警動。最後兩句敘事，前後呼應。

此詩作於熙寧五年（西元一〇七二年）冬，蘇軾過秀州時作。借與家鄉長老聊天而懷念故鄉，離故鄉已久，連孩子都不會講家鄉話了。末四句寫長老禪道高深，自己只能吟詩造句而已，這是自謙之詞。

三、四、五、六句為流水對，極盡馳騁之能事，上下一氣呵成，與末兩句同為清麗之筆。流水對即屬對上下兩聯，意味相貫串，二句相俟成。如：唐・張巡：「不辨風塵色，安知天下心」一意。而「更欲題詩滿浙東」表現蘇軾雄豪心胸。

末兩句詞意真切，只著意鄉情，造語倜儻奇警，令人吟詠不盡。言：「明年也要到天臺山去求道」。「採藥」用唐・賈島〈尋隱者不遇〉詩：「松下問童子，言師採藥去。只在此山中，雲深不知處。」意。更想盡情寫詩，題遍浙東。表現真摯感情，一片意厚情深，非泛泛之輩可言。

翻譯：

迢迢萬里的家山，如今只能縈繞在夢中，離鄉已久，兒童已漸變鄉音為吳音。

每天與文長老整日長談，便覺回到西蜀峨眉山翠色橫空。

禪師論道已臻無言之境，真正得道高僧，我除了懂得作詩，百無一成。（此句敬重文長老為有道高僧。）

明年我也要到天臺山去求道，更想作詩題遍浙東。

15.自普照遊二庵

長松吟風晚雨細，東庵半掩西庵閉。
山行盡日不逢人，裛裛野梅香入袂。
居僧笑我戀清景，自厭山深出無計。
我雖愛山亦自笑，獨往神傷後難繼。
不如西湖飲美酒，紅杏碧桃香覆髻。
作詩寄謝採薇翁，本不避人那避世。

此詩作於熙寧六年（西元一〇七三年），蘇軾在通判杭州任上。首四句寫景，自然而有詩意。中四句寫山僧愛世，卻出山無計。後四句寫自己與山僧有同感，表現出積極入世的思想。

普照，寺名，在浙西高陽縣。二庵指東庵、西庵。本詩為七言古詩，首四句表現聽覺和嗅覺上的美感。一句寫景；一句敘事；裛裛香氣的意思。此四句寫清幽孤峭之景，著意寫出山寺的冷寂和山僧的幽獨生活。

接著四句寫情，前二句敘事，下兩句詩眼，接著表現清幽之趣，微妙之音。這四句顯出作者抒寫胸臆，不作矯情之筆。

最後四句反襯，托出己意。這是因為此游太清幽，再寫無味，用反襯作收，詩法上是圓筆，餘味無窮。「紅杏」、「碧桃」，拿花比喻歌伎。這兩句以西湖的遊樂反襯山寺的幽獨。最後兩句寫要做一個有所作為的積極入世者，因為如此積極樂觀，所以，每到一處就與當地人打成一片。「採薇翁」用《史記・伯夷叔齊列傳》的故事，指隱居的人。

翻譯：

風吹長松發出吟嘯聲，晚來細雨霏霏；東庵半掩著門戶，西庵卻已關上門了。

在山野走了一整天，都沒遇到人，倒是染得一袖梅花的香氣。

居住山家的僧人嘲笑我愛戀清幽景色，自己覺得厭棄住在偏僻的山裡，無法出山。

我雖然很喜愛山林也覺得自己可笑，獨自一個人長處山中，總覺感傷，恐怕很難繼續下去。

倒不如在西湖上暢飲美酒，坐對花般豔麗的歌伎。

寫詩辭謝隱居者，本來就不逃避人事干擾，那會有遁世的想法。

16.新城道中

東風知我欲山行，吹斷簷間積雨聲。
嶺上晴雲披絮帽，樹頭初日挂銅鉦。
野桃含笑竹籬短，溪柳自搖沙水清。
西崦人家應最樂，煮芹燒筍餉春耕。

此詩作於熙寧六年（西元一〇七三年）春。首兩句是擬人法，東風無知乃是詩人自知，東風多情而其實是詩人多情。頷聯、頸聯純寫景，語句自然而有畫意。最後以田家生活樂趣作結。

這是一首七言律詩。新城今浙江新登，宋時是杭州屬縣。起筆有神致，是敘事句。接著描寫雨後嶺、樹之景。三、四句寫向上看之景。唐詩人常形容晴雲為棉絮，如：韓愈詩：「晴雲如擘絮」、杜牧詩：「晴雲似絮惹低空」。

五、六句寫向下看之景，以上四句寫道中所見，詩中有畫，鑄語神來。最後兩句以春耕作結。

全詩的前六句著意描寫早行景色，路上風日晴朗，水清沙白，桃柳爭春；充滿生意，使人心神舒暢。末兩句是寫餉耕時刻，農家忙著做菜飯，送到田裡，很富春耕生活氣息。王維〈積雨輞川莊〉作一詩，錄於後，以供讀者參看領會。

詩曰：「積雨空林烟火遲，蒸藜炊黍餉東菑。漠漠水田飛白鷺，陰陰夏木囀黃鸝。山中習靜觀朝槿，松下清齋折露葵。野老與人爭席罷，海鷗何事更相疑。」

注釋：

銅鉦：古樂器，狀如銅盤。

翻譯：

春風知道我有訪山的旅程，就故意放晴，屋簷淅瀝淅瀝的雨聲停下來了。

晴朗的雲朵繞著山嶺，像披著棉絮的帽子。

太陽剛剛升上樹梢，像掛著一面銅盤。

短矮的竹籬種著桃花，鮮妍含笑；垂柳的嫩枝條在清淺的溪水上輕輕飄拂。

西山農家應該最快樂，煮著芹菜、燒著竹筍，送給春耕的人吃。

17.於潛僧綠筠軒

可使食無肉，不可使居無竹。
無肉令人瘦，無竹令人俗。
人瘦尚可肥，士俗不可醫。
旁人笑此言，似高還似癡。
若對此君仍大嚼，世間那有揚州鶴？

此詩作於熙寧六年（西元一〇七三年），從杭州到於潛（今浙江臨安）時作。首四句亦是家喻戶曉的名句，以竹、肉比人的雅俗，以「士俗不可醫」，以應末句「世間那有揚州鶴」來警惕一般世人。

「僧」，指惠覺，「綠筠軒」寺內軒名，以多竹取名。這是一首五、七言古詩。《左傳》：「肉食者鄙。」《晉書・王微之傳》：「何可一日無此君？」（「此君」指竹。）此詩文字淺白，議論深刻，詞語口語化，故傳誦千古。「揚州鶴」出自《殷芸小說》：「有四人共談心中大願，第一個人希望成為揚州刺史，第二個人希望腰纏萬貫，第三個人希望成仙，第四個人希望腰纏萬貫，駕鶴上揚州。」末句似幽默，其實是嚴肅的。隱喻既想賞秀竹，保持高潔；又想肉食而不怕鄙俗，是辦不到的。

翻譯：

可以使人不吃肉，不可以使人住的地方沒有竹子。
沒有吃肉人會瘦，沒有竹子人會俗氣。
人若瘦了還可以再胖，讀書人若俗氣了就無藥可醫。
別人嘲笑我這樣的說法，好像很高超還像很深情。
若要高潔，又特別愛吃肉，世間那有這樣如意的事呢？

*18.*於潛女

青裙縞袂於潛女，兩足如霜不穿屨。
觰沙鬢髮絲穿柠，蓬沓障前走風雨。
老濞宮妝傳父祖，至今遺民悲故主。
苕溪楊柳初飛絮，照溪畫眉渡溪去。
逢郎樵歸相媚嫵，不信姬姜有齊魯。

此詩作於熙寧六年（西元一〇七三年）。歌詠農村婦女青裙、白衫、赤足、不怕風雨，健康、質樸而有氣概的形象。首六句描寫農村婦女的妝扮，後四句描寫農村夫婦男樵女織的純潔夫妻生活。給予質樸、優美、安定的農村生活以正面的肯定。

這是一首七言古詩。此詩塑造了於潛農村婦女的優美形象。於此也看到了蘇軾用以衡量純美的尺度。即自然、健康。首四句描寫兼敘事。五、六句承上而發，敘事。這兩句特別點出「蓬沓」為古裝，意在說明於潛農家婦女不趨向時世妝，愈見其質樸。末四句描寫兼敘事，綽有古調意。

注釋：

①縞：白色絲織品。
②袂：衣袖。
③屨：麻鞋。
④觰沙：形容兩翼分張。
⑤柠：同抒。

⑥蓬沓：作者於另一首於潛令刁同年野翁亭詩中自注：於潛婦女皆插大銀櫛，長尺許，謂之蓬沓。

⑦老濞：指漢初劉濞封吳王，東坡賦詩，用人姓名，多以老字成句，皆以為助語，非真謂其老。

⑧相媚撫：為神態嬌媚。

⑨姬姜有齊魯：比喻齊姜、魯姬，指貴族婦女。

翻譯：

於潛女穿著青色裙子、白衣，光著一雙白皙的腳。

兩鬢梳挽成形如飛鳥翅膀的髮型；銀櫛（髮飾）橫插頭上，把髮綰住，在隄障前迎著風雨行走。

這種宮妝傳自吳越王錢氏，今天遺民還懷念著吳越國而保存了古風。

苕水楊柳結實，墜絮初飄；年輕的於潛婦女臨溪用手匀整一下眉毛，走過溪去。迎著採樵歸來的丈夫，神態顯得多麼嬌媚，使人不敢相信，世上還有什麼姬姜美女。

19.立秋日禱雨，宿靈隱寺，同周徐二令

百重堆案掣身閑，一葉秋聲對榻眠。
床下雪霜侵戶月，枕中琴筑落階泉。
崎嶇世味嘗應遍，寂寞山棲老漸便。
惟有憫農心尚在，起占雲漢更茫然。

周指周邠，徐指徐疇。此詩作於熙寧六年（西元一〇七三年）秋。首四句寫禱雨而難眠，五、六句寫慣於寂寞，也嚐遍世情冷暖，末兩句以愛民之心為禱而作結。作者關心民間疾苦，在詩中有鮮明的表現。

這是一首七言律詩，滿紙閑情，俱成警句。表現蘇軾愛民如己的胸懷。首兩句敘事（點題），用《淮南子》：「一葉落知天下秋句意。」

接著兩句寫景，清空而妙、清新俊逸，一片清景。第三句寫視覺上的美感，第四句寫聽覺上的美感。

末四句以情收，說自己安於淡泊，即使已老了，住在山裡，也覺得安適。一片愛民之情自然流露。「便」，安適。這裡，用了《詩經‧大雅雲漢詩》詩意，表現蘇軾憂民、愛民如己的情懷。（詩〈大雅雲漢〉為憂旱之詩，寫周宣王憂民之詩。）

翻譯：

文書堆積公事繁忙，抽身來禱雨，

窗外葉落，秋聲入耳，大家正對床而睡。

床下皓如霜雪，那是透進窗中的月色；睡臥枕上聽到琴聲，原是瀉落階下的泉聲。

不平的世途，其中的滋味，已經嘗遍；即使老了，寂寞的住在山中，也覺得安適。只有憐憫農家困苦的心情，還沒改變；

夜裡起來，仰視天河（雲漢指天河），心情感到一片茫然。

20.有美堂暴雨

遊人脚底一聲雷，滿座頑雲撥不開。
天外黑風吹海立，浙東飛雨過江來。
十分潋灩金樽凸，千杖敲鏗羯鼓催。
喚起謫仙泉灑面，倒傾鮫室瀉瓊瑰。

此詩作於熙寧六年（西元一〇七三年）初秋。有美堂在杭州吳山最高處，左覽錢塘，右臨西湖，境界開闊，為這一場暴雨，寫下壯偉景象。整首詩筆勢豪放，第三句虛寫，第四句實寫，顯現出千鈞筆力，結語與李白爭雄，有不讓古人的才氣。

此詩是七言律詩。「有美堂」嘉祐二年杭州太守梅摯所建。梅摯赴吳山任時，宋仁宗贈詩：「地有吳山美，東南第一州。」因此在美山築堂，取名有美。

首句為畫家潑墨技法，筆勢豪放，墨如潑出，因而渲染了這場疾風暴雨的壯偉景象。這首詩前人推崇備至，有言：「寫雨勢之暴，不嫌其險。」又：「純以氣勝，為詩話所盛推重。」或云：「大手。如此才力，何必唐詩？」或曰：「通首都是摹寫暴雨，章法亦奇。」或言：「奇警爽特，七律中不可多得之境。」或曰：「奇氣。」

東坡詩聲如鐘呂，氣若江河，天分高，學力厚。故逢筆所之，無不精警動人，不特在宋無此一家手筆，即置之唐人中，亦無此一家手筆也。蘇軾在杭州寫過許多雨景詩；如「山色空濛」的西湖上的細雨，「白雨跳珠」望湖樓的陣雨，無不各有特色，這一首卻是寫吳山秋雨，是一場暴雨。

俗說高雷無雨，這裡說雷從腳底起，是低雷、逆雷，預示暴雨驟至。詩首句：一、隆然一聲，雷從地起。二、有美堂濃雲充塞，推撥不開。真「奇景」。唐・陸龜〈蒙苦雨〉詩：「頑雲猛雨更相欺」。闕子陽有：「天去人尚遠，雨黑風吹海。」蓋東坡博極群書，兼用此乎？

第三、四句頷聯為千鈞筆力，為千古名句。一「立」字最為有力，乃水湧起之貌。杜甫詩：「九天之雲下垂，四海之水豎立。」蘇杜皆語句雄峻，前無古人。東坡和陶淵明〈停雲詩〉有：「雲起九河、雷立三江」之句，亦用此。

第五、六句比喻貼切巧妙。「瀲灩」，水溢。「羯鼓」，唐時自西域傳來的樂器，形容雨聲，取急驟之意。

最後兩句總寫暴雨雨水如珍珠，灑醒詩仙李白而作結。真奇筆也。《述異記》：「南海之中有鮫人（人魚）室，鮫人的眼淚變成珍珠。」「瓊瑰」，美玉。比喻詩文美如珠玉，蘇軾又送鄭戶曹：「邀君為座客，新詩出瓊瑰。」

翻譯：

有美堂的迅雷從遊人腳底轟然一聲響起；座上滿滿的濃雲凝聚不散、撥動不開。

天外捲起黑風，使得海水為之直立；浙東的暴雨為風勢所挾，飛越錢塘江而來。

雨勢之大，頓使西湖浪道，猶如大海太滿凸過杯酒。雨聲急似敲擊羯鼓，千杖鏗鳴，繁響不絕。

這場風雨是上天給醉中李白灑臉的，要喚起他，寫出瓊瑰般的好詩來。

21.八月十五日春潮五絕

其一：

定知玉兔十分圓，已作霜風九月寒。
寄語重門休上鑰，夜潮留向月中看。

本首取三詩皆作於熙寧六年（西元一〇七三年）中秋，蘇軾在杭州看錢塘江潮而作。只寫看潮、情思、淡淡著筆，亦清灑。此詩為五絕中的第一首，先破題寫月圓之月，等待看錢塘潮湧。《周易・繫辭》：「重門擊柝」。

翻譯：

今夜的月亮必定十分圓，霜風颯颯；雖在中秋，已帶有秋月初寒的氣候。

我告訴杭州城門守城的人，不要將城門上鎖，錢塘夜潮要留待月明中觀賞。

其二：

萬人鼓譟懾吳儂，猶是浮江老阿童。
欲識潮頭高幾許，越山渾在浪花中。

此詩為五絕中的第二首，首兩句寫錢塘潮洶湧澎湃的氣象，末二句寫浪花高於越山，勾起讀者對浪潮洶湧、氣勢壯偉景象的冥想。「老阿童」指晉將王濬，小名阿童。東坡賦詩，用人姓名，多以老字足句，以為助語，非真謂其老。

翻譯：

江潮奔騰澎湃，氣勢恍如萬人喧嘩，震駭吳人；
這情形很像當年晉將王濬征吳的戰船浮江而來。
如果想知道錢塘潮潮頭高多少？
越州的鼈山全陷在浪花拍擊之中。

其三：

江神河伯兩醯雞，海若東來氣吐霓。
安得夫差水犀手，三千強弩射潮低。

首兩句用「醯雞」、「海若」對比寫錢塘潮的壯觀雄偉。清人評：「壯而不獷」，「獷」，猛大、粗俗、粗惡。作者自註：「吳越王嘗以弓弩射潮頭，與海神戰，自爾水不進城。」

此詩為五絕中的第五首，首兩句極寫錢塘潮的壯觀，後二句用典，反襯潮水的宏偉。

注釋：

①醯雞：小蟲。
②海若：海神。
③霓：《說文》通訓定聲：「霓，雨與日相薄而成光。」
④水犀手：指穿水犀皮的甲士。

翻譯：

江河之於大海，是十分藐小的，海濤湧入錢塘江，勢極雄偉；怎得吳越王的甲士，用強弓硬弩把潮頭射退。

22.無錫道中賦水車

翻翻聯聯銜尾鴉，犖犖确确蛻骨蛇。
分疇翠浪走雲陣，刺水綠鍼抽稻芽。
洞庭五月欲飛沙，鼉鳴窟中如打衙。
天公不見老翁泣？喚取阿香推雷車。

此詩作於熙寧七年（西元一〇七四年）。詩人途經無錫時，看到農人以水車抗旱，不禁熱情地寫詩歌頌。首兩句用象徵比擬水車，饒有趣味，接著寫引水的效果。後四句寫旱象不除，而心生禱雨之情。文字自然而清新。言水車之利不及雷車所霑者廣也。

這是一首詠物（水車）詩，「水車」當時為新式農具稱為「龍骨」。屬七言律詩變格。如〈和子由澠池懷舊〉是單行入律，此詩三、四句對，五、六句不對。

前人評：「形容盡致，雖少陵不能也。」又評：「只是體物著題，觸處靈通，別成奇光異彩。」又曰：「節短勢險，句句奇矯、結句四平，未諧調，然義山、韓碑，已有此句法。」

首聯描寫水車飛動的和靜止的形態。「翻翻」形容飛動的形態。「聯聯」指連在一起。「翻翻聯聯」是疊字的用法。「犖犖确确」也是疊字的用法，指嶙峋堅硬的樣子。用語奇特，比喻見巧思。

頸聯「分疇」對「刺水」，「翠浪」對「綠鍼」，「走雲陣」對「抽稻芽」。這兩句寫四處的田疇青翠的稻浪滔滔，彷彿在天上行雲佈陣，水田中的秧苗也抽出嫩芽。「綠鍼」，秧苗。

頷聯以洞庭山的五月飛沙形容旱象和鼉蟲在洞中鳴叫，比喻旱象的嚴重，上下連貫，水車的主題就分明了。「鼉」，脊椎類爬蟲。「打衙」，指衙門擊鼓，形容鼉鳴的聲音，有聽覺美。

末聯寫上天雖沒見到老農盼望雨的心意，詩人卻讚揚農人的自給努力用水車抗旱，而以「叫推雷車的鬼神阿香來下一場雨吧！」鼓勵歌頌作結。用雷車的「車」字點題「賦水車」，「車」在古音與「芽」、「衙」同韻。情真意切，愛民之心令人感動。

翻譯：

水車轉動，車葉迴旋不絕，看似鴉群銜尾而飛，
停下來活像一條瘦硬的蛻剩骨骼的長蛇。
各處田疇翠浪滔滔，如在天上行雲佈陣，
水裡的秋苗抽出了稻芽。
洞庭山在這五月天乾旱得滿地飛沙，

通常在有旱象才聽得見的鼉鳴，這時聲如擊鼓。
天公難道沒有聽到老農的哭泣？
叫推雷車行雨的鬼神阿香出來下一場雨吧！

23.寄題刁景純藏春塢

藏春塢約為刁景純晚年所築居室，蘇軾作詩賦之。

白首歸來種萬松，待看千尺舞霜風。
年拋造物陶甄外，春在先生杖屨中。
楊柳長齋低戶暗，櫻桃爛熟滴階紅。
何時卻與徐元直，共訪襄陽龐德公。

此詩詩中有畫，以白、青、紅表現畫意，並用松象徵主人（刁景純）的高潔，末句更用典頌讚刁景純的年高德劭。詩作於熙寧九年（西元一〇七六年）。

這是一首七言律詩，「陶甄」製作陶器的轉輪，引申為觀行教化、培養人才，亦稱陶鈞。《漢書》：「聖王制世御俗，獨化於陶鈞之上。」《晉書》：「陶甄萬民。」「杖屨」，古人五十扶杖，老人入室脫鞋。

楊柳句（第五句）或謂盛唐・張謂〈春園家宴〉詩：「櫻桃解結垂簷子，楊柳能低入戶枝。」及白居易〈夢游春〉句：「門柳暗金低，簷櫻紅半熟。」起首兩句筆勢不凡。

頸聯、頷聯古人曰：「精警」。頸聯時人仿之。句法獨創，詩意亦得游行自在之趣。頷聯景中見情，更見刁景純的年高德劭。

末後以龐德公（三國時名士）作比，尤深仰慕。徐元直即徐庶，用字精工、自然、詩意綿長，尤其，敘述層次井然，以文入詩，白而不直露（用典），更增詩意，令人欽仰之中有無限迴思。

翻譯：

年老告歸，種植上萬棵松樹，期待能看到勁松千尺，凌霜舞動，

晚年歲月寄放在教化萬民之外，春天在先生的身邊。

又長又密的柳條低垂，遮暗了庭戶，熟透了的櫻桃，滴下的汁液染紅臺階，

什麼時候讓我約會了好友，同來拜訪您這位年高有德的長者。

24.韓幹馬十四匹

二馬並驅攢八蹄，二馬宛頸騣尾齊。
一馬任前雙舉後，一馬卻避長鳴嘶。
老髯奚官騎且顧，前身作馬通馬語。
後有八匹飲且行，微流赴吻若有聲。
前者既濟出林鶴，後者欲涉鶴俯啄。
最後一匹馬中龍，不嘶不動尾搖風。
韓生畫馬真是馬，蘇子作詩如見畫。
世無伯樂亦無韓，此詩此畫誰當看？

此詩作於熙寧十年（西元一〇七七年）蘇軾在徐州作。這是一首題畫詩，是作者現觀畫興感所吟詠的繪畫內容，即韓幹所畫馬十六匹（題目是十四匹，內容描述十六匹）的情態。詩中蘇軾說蘇子作詩如見畫，一語道破這十六匹馬所組成的畫面，馬匹與人物的形態皆躍然紙上。

這是一首七言古詩。首四句寫六匹馬，五、六句寫一匹馬，接著四句寫八匹馬，最後寫一匹馬，然後以詩人觀畫的感慨作結。第七、八句，古人言：「奇拔、詩中有畫、新奇」。「馬攢」指馬馳迅速，蹄似聚集。「宛」宛曲意，「騣」同鬃。

五、六、七、八句錯落有致，奇拔，「後有」此句是總挈，「前身作馬通馬語」，中簇一波，前後敘致。九句奇拔、十句新奇，十二句「不斷、不動尾搖風」寫掉尾亦健。《周禮・夏官》：「馬八尺以上為龍。」杜甫：「須臾九靈真龍出，一洗寓古凡馬空」，氣勢如虹。

這詩用多變的筆法，敘寫十六匹馬，有分有合，既不平板，又層次井然，當中穿插「老髯奚官」，避免了平舖直述，而顯得跌宕生姿，「奚官」前有六匹馬，後有九匹馬，（奚官）騎且顧，便將這兩群聯成整群。筆法極見高明，十六匹馬神態生動，或馳、或縱、或行、或立、或嘶、或飲，如見其形，如聞其聲，再現韓幹的畫幅。

筆力超群，生動有致，詩中有畫，如見眼前。

蔡正《孫林廣記》引《王直方詩話》：「歐公〈盤軍圖〉詩云：『古畫畫意不畫形，梅詩詠物無隱情，忘形得意知者寡，不若見詩如見畫。』東坡〈韓幹畫馬詩〉云：『韓生畫馬真是馬，蘇子作詩如見畫，世無伯樂亦無韓，此詩此意誰先看？』……余以為若論詩畫，……于此畫矣。韓子畫記，只是記體，不可以入詩，杜子觀畫圖詩，只是詩體，不可以當記，杜、韓開其端，蘇乃盡其極，敘次歷落，妙言奇趣，觸緒橫生，瞭然一吟，獨立千載。」

又評：「馬十五匹錯落敘來，何等簡淨。」

方東樹《昭味詹言》：「……敘十五馬如畫，尚不為奇。至於章法之妙，非太史公與退之不能知之。故知不解古文，詩亦不妙。放翁所以不快人意者，正坐此也。起四句分敘寫，『老髯』二句一束夾，此為章法。『微流』句欲疾。『前者』二句總寫八匹，『最後』二句補遒足。『韓生』句前敘後議，收自道此詩。真敘起，一法也。序十五馬分合二也，序夾寫如畫三也，分、合、敘參差入妙四也，夾寫中忽入『老髯』一句議，閒情逸致，文外之文，弦外之音，五妙也，夾此二句，章法變化中，又在變化，六妙也。後『八匹』、『前者』之句忽斷，七妙也，橫雲斷山法，此以退之畫記入詩也。」分析中肯精當，可為讀者參考。

翻譯：

兩匹馬在前並馳，八蹄攢聚，
兩匹馬彎頭並行，首尾皆齊，
一匹馬縱事衝前，雙腿後舉，
一匹馬轉側相避，引頸長嘶。
滿嘴鬍鬚的老養馬官，騎著馬並且照應前後，
前身一定做過馬，才如此了解馬的性格。

跟在奚官後面有八匹馬在渡水，且飲且行，
水流到馬的嘴邊，幾乎聽到飲水聲。
前面過了河的馬，昂頭登岸，姿態似鶴鳥出林，
後面將要涉水的馬，則似鶴鳥低頭啄食。
最後還有一匹，軀幹雄俊，可說是馬中之龍，
牠神閑意定，不鳴不動，只見馬尾搖風。
韓幹畫馬畫出活生生的馬，
我寫的詩，後人看了如同看到韓幹的畫。
世上如果沒有擅於鑒馬的伯樂，也沒有擅於畫馬的韓幹了，這詩這畫又留給誰看呢？

25.中秋月

暮雲收盡溢清寒，銀漢無聲轉玉盤。
此生此夜不長好，明月明年何處看？

這是一首七言絕句，寫於熙寧十年（西元一〇七七年）中秋。蘇軾奉命知徐州（四月到任），蘇轍同來，留了一百多日，過了中秋才離開（這是兩兄弟七年來第一次共渡中秋）。這是一首惜別的詩。首兩句寫中秋月，文字平順自然。末二句為千古離合之情，雖聚卻離，成為千古名句。表現詩人對人生無常的無奈與感慨。

紹聖元年（西元一〇九五年），蘇軾貶居惠州，曾重錄此詩，後面附記：「余十八年前中秋，與子由觀月彭城（徐州）時作此詩。以陽關歌之。」由此可知，中秋月依五維渭

城曲詩平仄而成。今將王維渭河曲抄錄於後，以供讀者參考，王維〈渭城曲〉：「渭城朝雨浥輕塵，客舍青青柳色新；勸君更盡一杯酒，西出陽關無故人。」

楊萬里《誠齋詩話》評此詩曰：「五、七字絕句最少，而最難工，雖作者亦難得四句全好者。……東坡云：『……四句皆好矣。』」

劉克莊二蘇中秋月詩跋：「二蘇公彭城中秋月倡和七言，可為謫仙之看，坡五言清麗者似鮑照、庾信，閑雅者似韋、柳。前人中秋之作多矣，至此，一洗萬古而空之。詩既高妙，行書又妙絕一世。」

以上兩家說法，可供讀者參考。

翻譯：

入暮後雲氣消散，夜寒如水，
銀河寂靜，升起一輪皓月；
這一生這一夜好景不能常在，
明年的中秋，您和我又在那裡望月呢？

26.續麗人行并引

李仲謀家有周昉畫背面欠伸內人，極精，戲作此詩。此詩為宋新樂府，分三部分，今錄之於後：

深宮無人春日長，沉香亭北百花香，
美人睡起薄梳洗，燕舞鶯啼空斷腸。

畫工欲畫無窮意，背立東風初破睡。
若教回首卻嫣然，陽城下蔡俱風靡。
杜陵飢客眼長寒，蹇驢破帽隨金鞍。
隔花臨水時一見，只許腰肢背後看。
心醉歸來茅屋底，方信人間有西子。
君不見孟光舉案與眉齊，何曾背面傷春啼！

此詩元豐六年（一〇七八年）五月作於徐州。這也是一首題畫詩，寫深宮美人傷春的空虛情態，最後以賢婦孟光對比，一實一虛，更見畫龍點睛的效果。

〈麗人行〉為杜甫詩，有：「背後何所見，珠壓腰衱穩稱身。」

題畫詩應以原畫的內容與意境為準，來進行描述與闡染。蘇軾此首迴然不同，而是馳騁想像，另立新意。將周昉畫和杜甫〈麗人行〉牽合一起。創新精神，令人歎服。想像豐富、奇特。

第一部分：首句想像畫中宮女即〈麗人行〉中的麗人之一。寫美人睡起，還沒上妝；想起昨夜的歌舞與今日的鶯啼，平白引起麗人的春愁。以上想像〈麗人行〉中的麗人。

接著寫周昉的畫，具有形神兼備，清新典麗精工合一的無限詩意（無窮意），畫的是麗人「背立東風初破睡」指畫面的描寫。「陽城」、「下蔡」俱地名，為古楚貴族公子的封地。「風靡」傾倒。宋玉《登徒子好色賦》有：「東家之子，嫣然一笑，惑陽城，迷下蔡。」句，這裡描寫周昉的畫，美人回首一笑百媚生。

第二部分：想像發揮，引申〈麗人行〉詩意。構思新奇，寓莊子詼諧特色，見本詩特點。

首句寫杜甫〈麗人行〉詩意。第三句實寫曲江之景，第四句虛寫〈麗人行〉詩意。第五句用「心醉」回應第一句「杜陵」〈麗人行〉之詩意，寫相信人間有美人。以古代美女「西施」即「西子」作比。

第三部分：寓意，舉孟光與畫中女子對比，寫出作詩主旨。前二部分為第三部分作張本。

注釋：

①引：「內人」指唐代教坊妓女。
②戲作：指並非原畫之意。
③杜陵：指杜甫。
④眼長寒：指冷眼。

翻譯：

第一部分：

深宮沒有別的人，春日似覺漫長，唐皇宮御花園的沉香亭北繁花飄香，宮中的美人睡醒，淡淡的梳洗，還沒上妝，燕子在空中飛舞，黃鶯啼叫，平白引起她的春愁。

畫家想畫出宮中美人無盡的畫意，就畫美人背立在春風中剛剛睡醒。彷彿要叫她回顧嫣然一笑，使陽城下蔡的公子哥兒們都傾倒在她的石榴裙下。

第二部分：

杜甫作〈麗人行〉，寫自己挨餓遭受貴族的冷眼，騎著跛腳的驢子，帶著破帽跟隨著貴冑們到曲江。

在曲江的水邊，隔著花木，有時望見麗人一眼，

也只能從麗人的背後，看到她的腰肢。

看到麗人心醉陶陶回到茅草蓋的屋裡，

才相信人間真的有像古代美女西施一樣的美人。

第三部分：

您沒有看到古代的賢婦孟光舉案齊眉尊敬夫婿嗎？她何曾背對著人為傷春而啼哭。

27.贈劉景文

荷盡已無擎雨蓋，菊殘猶有傲霜枝。

一年好景君須記，最是橙黃橘綠時。

此詩作於元祐五年（西元一〇九〇年）初冬在杭州作。首兩句寫江南初冬的景致，借景物而擬人，比喻劉景文的節操，以菊和橘的耐寒品格為譬。

劉景文即劉季孫，景文其字，蘇軾很推重他，曾予以舉薦，曾任兩浙兵馬都監，駐杭州。故與蘇軾遊。

此詩即景生情，前兩句寫景，後兩句抒情。最後兩句似讚似惜，曲盡其妙。全首用「荷」、「菊」、「橙」、「橘」，四種季節性事物的情狀，生動細膩地描寫了深秋初

冬的景致。

首句寫荷，第二句寫菊，第一句與第二句用「荷」的殘與「菊」的不畏風寒對比，比喻劉景文的節操。

第三句宕開一筆，寫人當珍惜美好時光；最後寫秋冬應該是衰敗的，但詩人別具隻眼，看到好境。就會橙黃橘綠的燦爛秋冬特色。可以看出蘇軾健康開朗的人生觀。

注釋：

①蓋：喻荷葉。
②雨蓋：指大如雨傘的荷葉。
③盡：殘敗。
④擎：舉起。
⑤殘：殘褪。

翻譯：

荷花殘敗了，已經沒有舉起荷葉的力量，
可是菊花衰褪了，卻還有在風霜中，仍然傲立的花枝；
這一年中的美好景象，您一定要記住，
就是橘橙快要成熟的初冬十分燦爛的好時節。

28.法惠寺橫翠閣

朝見吳山橫，暮見吳山縱，
吳山故多態，轉折為君客。

幽人起朱閣，空洞更無物，
惟有千步岡，東西作簾額。
春來故國歸無期，人言秋悲春更悲。
已泛平湖思濯錦，更看橫翠憶娥眉。
雕欄能得幾時好？不獨憑欄人易老。
百年興廢更堪哀，懸知草莽化池臺。
遊人尋找舊遊處，但覓吳山橫處來。

熙寧六年（西元一〇七三年）春，蘇軾在杭州遊法惠寺橫翠閣作。法惠寺內的橫翠閣，地當吳山側畔，可以望見吳山橫列的翠色，故題名「橫翠」。此詩描寫吳山的姿采，朝暮變化，轉折盡態，並扣住「橫翠」，描寫樓閣像一幅翠色的簾額。從吳山橫翠，詩人觸動鄉思，想起蜀中翠色掃空的峨眉山，這一聯極其自然，末後又將馳騁的鄉思回到橫翠閣，再以設問句問「能得幾時好？憑欄人易老」。百年間的雕欄興衰，令人更悲哀，橫翠閣也會變為草莽，後代遊人尋找我昔日遊蹤，但覓吳山橫翠秀色而來。音節流暢，遣詞清婉。

翻譯：

早上晴朗時所見的吳山是一橫列，黃昏時所見吳山是直立的，吳山本多形態，轉動向您呈現它的姿容。

高士在這裡建造紅色的樓閣，閣內沒有什麼陳設，只有千步以外的吳山，自東而西，像給橫翠閣裝上一幅簾額。

又是一年的春天，歸鄉依然無期，人多說悲秋，此刻面對滿眼春色的湖山，卻更多悲思。泛舟西湖想起故鄉的濯錦江，再看到吳山橫翠，蜀中娥眉山又浮現在記憶中。

離欄能得幾天完好？不獨我這憑欄遠眺的人，會很快老去。說百年的興衰變幻實在太可哀，料知橫翠閣定將化為一片草莽而不復存在。

後世的遊人來尋訪我的故蹟，只須找吳山橫翠的地方就是了。

29.李思訓畫長江絕島圖

山蒼蒼，水茫茫，大孤小孤江中央。
崖崩路絕猿鳥去，惟有喬木攙天長。
客舟何處來？棹歌中流聲抑揚。
沙平風軟望不到，孤山久與船低昂。
峨峨雨煙鬟，曉鏡開新妝。
舟中賈客莫漫狂，小姑前年嫁彭郎。

李思訓為唐代碧綠山水畫家，明・董其昌謂山水畫北宗始祖。他的長江絕島圖畫大孤山、小孤山，現已不傳。

蘇軾於元豐元年（西元一〇七八年）冬，在徐州看到這幅名畫，因而題詠。詩充分寫出畫中動態，可見，詩人觀察這幅畫的意境非常敏銳，而且聯想豐富。詩人寫孤山和客舟相對搖蕩，還有虛擬的歌聲，使人想像客舟中的人，也為秀美的孤山而神馳，真的把畫寫活了。詩人善於以美人喻山水名勝，如：以西子比西湖，孤山本來就有「小姑嫁彭郎」的民間傳說，詩人不費力地剪裁入詩，結得很風趣。

翻譯：

山色蒼翠，江水茫茫。大孤山和小孤山兀立在江水中央。

山崖崩缺，路徑險仄，猿鳥無蹤，只有參天喬木高插入霄。

江上的客船來自哪裡？舟子搖著櫓在江心放歌，頓挫悠揚，旋律優美。客船似要駛向孤山，江上沙洲平坦，風力輕柔，孤山望得到但一下子到不了，江波把船掀高，孤山就低下，船低下，孤山又昂高起來，船和孤山就這樣相對搖蕩。

大、小孤山在迷濛中，像一雙高髻，那是大孤山和小孤山以清澈的江水做鏡子，在理晨妝。

船中的客商，且莫為這樣美麗的山色而輕狂，小姑在前年已嫁給彭郎了。

30.月夜與客飲杏花下

杏花飛簾散餘春，明月入戶尋幽人。
褰衣步月踏花影，炯如流水涵青蘋。
花間置酒清香發，爭挽長條落香雪。
山城酒薄不堪飲，勸君且吸杯中月。
洞簫聲斷月明中，惟憂月落酒杯空。
明朝捲地春風惡，但見綠葉棲殘紅。

元豐二年（西元一〇七九年）春作於徐州。東坡《志林》載：「僕在徐州，王子立、口皆館於官舍。蜀人張師厚來過，二王方年少，吹洞簫，飲酒杏花下。余作此詩。」蘇軾詩常使用許多典故，這首詩卻是不用一典，另呈風致，足見風格多樣化。此詩大有李白詩風。

注釋：

①褰：同牽。
②青蘋：或以為花木名。
③山城：指徐州。
④杯中月：月映酒中。

翻譯：

杏花飛掠窗簾，殘春將要消散，明月照進屋子，似是有意來尋找幽居者。

牽起衣袍走出花下，月光皎潔，青蘋花浮泛在流水中。

在花間置酒，花氣清芳沁鼻，大家手挽花枝，花落如飄香雪。

山城的酒味淡，不大好飲，勸你聊為月色清美而把酒吸乾吧！

悠揚的洞簫聲在明月中沉寂下來，只怕等會兒月也落了，酒也喝完了。

到明天早上，東風捲地為虐，只能看到綠葉叢中留著幾片殘紅。

宋・趙次公評：「此篇不使事，語亦新造，古所未有。迨涪翁所謂不食煙火者之語也。」

31.舟中夜起

微風蕭蕭吹菰蒲，開門看雨月滿湖。
舟人水鳥兩同夢，大魚驚竄如奔狐。
夜深人物不相管，我獨形影相嬉娛。
暗潮生渚弔寒蚓，落月掛柳看懸蛛。
此生忽忽憂患裡，清境過眼能須臾！
雞鳴鐘動百鳥散，船頭擊鼓還相呼。

元豐二年（西元一〇七九年）從徐州移知湖洲，作於途中。詩寫夜泊湖上一夕的清新意境。周圍寂靜，詩人形影自娛。潮生洲渚，月掛柳梢。此生超脫世俗，清靜的心境即是永恆。雞叫鐘按時搖動，行舟擊鼓彼此互相招呼。詩中描寫靜態，妙合自然，從菰蒲因風振動的蕭蕭音響中見靜，從大魚驚竄的動作中見靜，從暗潮幽咽如寒蚓，柳絲月影如懸蛛的荒寒中見靜，信是神筆。

翻譯：

夜靜，船艙外，微風吹動菰蒲，發出細碎的蕭蕭聲響，大概是在下雨吧！推開船艙，看見滿湖月色。

舟子、水鳥都在夢境裡；大魚快如狐奔，驚嚇而逃。

夜色深沉，人物不相干，遺世而獨立，只與影子相戲樂。

潮水悄悄漫上沙渚，寒蚓幽咽。

平生飄忽的歲月都在憂患中度過，眼前的清境，如天地永恆。

雞啼報曉，敲響晨鐘，宿鳥驚散，船頭打鼓開行，彼此互相招呼。

32.梅花二首

其一：

春來幽谷水潺潺，的皪梅花草棘間。
一夜東風吹石裂，半隨飛雪渡關山。

元豐三年（西元一〇八〇年），寫於貶赴黃州所經麻城春風嶺路上。此詩以人喻物（擬人化）。為詠梅詩的上品。同是寄託自己的感慨，但表現手法不同。表現出詩人的風致。

翻譯：

春天到來，幽谷水聲潺潺，生長在荊棘中的梅花，十分鮮妍。

一夜之間，吹起強勁的東風，石崩土裂，落梅片片，伴隨著飛雪，飄過了關山。

其二：

何人把酒慰深幽？開自無聊落更愁。
幸有清溪三百回，不辭相送到黃州。

翻譯：

生長在幽谷中，誰來把酒賞花？
花開固屬無聊，花落就更哀愁。
幸而還有縈迴曲折的三百里清溪，
落花隨水送你到黃州。

33.紅梅三首（選其一）

怕愁貪睡獨開遲，自恐冰容不入時。
故作小紅桃杏色，尚餘孤瘦雪霜姿。
寒心未肯隨春態，酒暈無端上玉肌。
詩老不知梅格在，更看綠葉與青枝。

元豐五年（西元一〇八二年），在黃州作。蘇軾在黃州，屢詠梅花，寫梅花高潔、幽獨，寄託自己的不合時宜。此詩寫紅梅，專注於梅花的品格，從表（冰容）到裡（寒心），玉潔冰清，毫無媚骨。紅梅雖帶點桃杏的淺紅，絕不是迎合時俗，它並未改變霜雪之姿。詩中的紅梅，有人的精神面貌，是擬人化的手法。

翻譯：

既怕惹愁，又賦性疏懶，故開花獨遲，自知冰雪為容，不被時俗賞識。

即使透出一點淡紅的桃杏顏色，仍然是孤高瘦硬的傲寒之姿。

心坎裡充滿寒意，自不肯追隨凡花媚春作態，只不過酒後酡紅，偶然泛上晶瑩的肌膚。

詩翁不知道梅花的品格還在，只能看綠葉、青枝來區別於桃杏。

34.南堂五首（選其五）

掃地焚香閉閣眠，簟紋如水帳如煙。
客來夢覺知何處，挂起西窗浪接天。

元豐六年（西元一〇八三年）作於黃州。南堂在城南一里的臨皋驛。此詩寫在南堂晝寢，爐煙裊裊，簟帳如同煙水，夢醒時竟不知身在何處，掛起窗簾，才驚覺身在江湖。詩平淡自然，意境幽遠。

翻譯：

掃地焚香，閉上閣門晝寢，竹簟紋似水波，帳子輕密如煙。

有客人來訪，夢醒起來，竟不知身在何處，掛起西窗的簾幕，只看見江上波浪連天。

35.東坡

雨洗東坡月色清，市人行盡野人行。
莫嫌犖确坡頭路，自愛鏗然曳杖聲。

元豐六年（西元一〇八三年），在黃州作。此詩寫黃州東坡草堂月夜清景，風致不凡。蘇軾被貶逐黃州，躬耕東坡，自己走自己的路，不是追隨別人的杖履，路雖坎坷，但自愛自重曳杖而行，表現超脫自尊自重的不凡人品。詩意耐人尋味。

翻譯：

雨水清洗東坡，月色頓覺清亮；
街上的人走盡了，換山裡的人來走；
不要嫌山路崎嶇不平，
只是自己很喜愛曳著拐杖走過不平的山路所發出的鏗鏗聲響。

36.題西林壁

　　橫看成嶺側成峰，遠近高低總不同。

　　不識廬山真面目，只緣身在此山中。

　　元豐七年（西元一〇八四年），蘇軾從黃州往汝州，路出九江，遊廬山，在西林寺題壁。蘇軾寫廬山，不用他慣於縱橫馳騁的七古，卻將奇姿異態的廬山納入二十多字的絕句中。他沒有實寫廬山的景色，只總括了出遊的觀感；它是多態的，還沒有認識它的真面目。詩人從認識廬山的面目這一層上，提出了一個關於認識事物的帶有哲理性的問題，即是說，離開了客觀全面，凡是主觀片面，都不能認識事物的真面目。這首詩，歷來被認為是哲理詩。

翻譯：

　　正面望去是層疊交橫的峻嶺，側面一看卻成了嵯峨插天的奇峰，

　　從遠處、近處、高處、低處各個位置去看，形態隨處變換，總不相同。

　　為什麼認不清廬山的真面目？只因為自己置身在山裡面了。

　　這後兩句，是被人廣泛引用的名句。

37.書李世南所畫秋景二首（選其一）

野水參差落漲痕，疎林攲列出霜根；
扁舟一櫂歸何處？家在江南黃葉村。

此詩元祐二年（西元一〇八七年），在京師作。蘇東坡題詠李世南「秋景平遠圖」，分兩軸，前三幅為寒林，後三幅為平遠。畫已不傳。原詩三首，今得二首，這一首由平遠的畫境著筆，充滿了秋意。岸邊見到水落的痕跡，自不同於春江瀲灩；林木蕭疎，正是秋天落葉景象。黃葉村是虛寫，並非畫中所有。「家在江南黃葉村」，這一句將畫境推向無限深遠，為原畫開拓了新的意境。

注釋：

櫂：同棹，船槳。

翻譯：

江水漸落，岸邊留下了參差不一的漲痕。
一簇樹林，樹幹攲斜；飽受霜侵的樹根露出地面。
一葉輕舟，一根船槳，回去哪裡？
家就住在江南，這時正是黃葉滿村。

38.書鄢陵王主簿所畫折枝二首（選其一）

論畫以形似，見與兒童鄰。
賦詩必此詩，定非知詩人。
詩畫本一律，天工與清新。
邊鸞雀寫生，趙昌花傳神。
何如此兩幅，疎淡含精勻。
誰言一點紅，解寄無邊春。

此詩作於元祐二年（西元一〇八七年），時蘇東坡在京師。此詩寫出蘇東坡對畫的見解。「論畫以形似，見與兒童鄰」主張繪畫注重神似，至明代發展成大寫意、小寫意；「詩畫本一律，天工與清新」主張書畫的美學觀都一樣、創作方法也一樣，要達到的最高境界，在神似上（意境、給人的感受是「清新」的美感），在畫面上，給人的感受是「精工」的美感。

翻譯：

評論畫家畫畫專以「形似」為標準，見解幼稚，與兒童差不多。

寫詩一定要寫得像詩（拘於一切法則），定然不是懂得詩的人。

詩和畫的創作精神（意境，給人的美感感受），與表現畫面的美感，是一樣的，應該講求天然工巧和清新美感。

邊鸞畫雀，栩栩如生（工筆畫）；趙昌畫花，能表現精神意態（沒骨畫）。

如何這兩幅畫，表現給人的美感感受，是如此疎淡（「清新」的精神），和精勻（精工的畫面）圓融一體。

誰說這兩幅畫，卻表現出廣袤無垠的春天生生不息、鳥語花香的景緻。

文選

1.答謝民師書

近奉達，亟辱問訊，具審起居佳勝，感慰深矣。某受性剛簡，學迂材下，坐廢累年，不敢復齒搢紳。自還海北，見平生親舊，惘然如隔世人，況與左右無一日之雅而敢求交乎？數賜見臨，傾蓋如故，幸甚過望，不可言也。

所示書教及詩賦雜文，觀之熟矣。大略如行雲流水，初無定質，但常行于所當行，常止于所不可不止，文理自然，姿態橫生。孔子曰：「言之不文，行而不遠。」又曰：「辭，達而已矣。」夫言止于達意，即疑若不文，是大不然。求物之妙，如繫風捕影；能使是物了然于心者，蓋千萬人而不一遇也，而況能使了然于口與手者乎？是之謂辭達。辭至于能達，則文不可勝用矣。揚雄好為艱深之辭，以文淺易之說；若正言之，則人人知之矣。此正所謂「雕蟲篆刻」者，其《大玄》、《法言》皆是類也，而獨悔于賦，何哉？終身雕篆而獨變其音節，便謂之「經」，可乎？屈原作《離騷經》，蓋風、雅之再變者，雖與日月爭光可也，可以其似賦而謂之「雕蟲」乎？使賈誼見孔子，升堂有餘矣；而乃以賦鄙之，至與司馬相如同科，雄之陋如此比者甚眾，可與知者道，難與俗人言也，因論文偶及之耳。歐陽文忠公言：「文章如精金美玉，市有定價，非人所能以口舌定貴賤也。」紛紛多言，豈能有益于左右，愧悚不已。

所須惠力「法雨堂」字，軾本不善作大字，強作終不佳，又舟中局迫難寫，未能如教。然軾方過臨江，當往游焉。或僧有所欲記錄，當為作數句留院中，慰左右念親之意。今日至峽山寺，少留即去，愈遠。惟萬萬以時自愛。

賞析：

本文錄自《經進東坡文集事略》卷四十六，元符三年（西元一一〇〇年）作。文分三段，第一段問候對方，情真感人，無一虛言。第二段提出論文主張，說明文章要寫得自然生動、清楚明白、動人、美，即我心即我手，我手寫我口，文如行雲流水。第三段答覆對方作結。

「答」，回覆。「謝民師」，名舉廉，江西新淦縣人，工詩，有《藍溪集》，時在廣州任推官，本文作於蘇軾自海南北歸，途經廣東清遠縣時。

本文風格和他的論文主張一致，平順質樸、揮灑自如、大道理、小事情、隨意寫來，給人一種親近感。創作技巧：時而短句，時而長句參差；論述明白曉暢、音節嘹亮。

第一段首四句，行文簡潔有力，情感自然流露，對後輩表達了深切的關懷。接著由對方轉而談到自己。接著兩句，自謙之辭；溫柔敦厚，諺語：「山外有山，人外有人。」虛懷若谷，謙虛為懷。接著兩句，不亢不卑，讀書、做學問、做人，最忌諱夜郎自大。接著敘述北歸的情懷，言情自然，真實而動人，平實之故；然後，以長句、反詰語，增加句式的變化，為人謙和，由此見出。最後，寫老來，看見年輕人還能信賴自己，相知相惜的感受是欣慰萬分的，不可用言語來形容，行文用四言，句短而有力，結得耐人尋味。

第二段為本文的重心。分三小節；第一小節提出論文主張：文如行雲流水、辭達而已；第二小節，提出反面論證，以揚雄為例；第三小節，提出正面論證，以屈原、賈誼為例，最後，引用歐陽修論文主張作結，謙和之至。

第三段答覆對方，末句以長輩身分叮嚀晚輩，要時時自愛自重，珍惜自己。

翻譯：

第一段：最近和您別離，屢次蒙您來信問候，完全明白您的日常生活很美好，深深感到安慰。我生性剛直簡慢，學問迂闊、材質低下，被貶謫多年，不敢再與鄉紳、士大夫同列。自從海南島北歸，與往日親人朋友見面，恍如不同世代的人，何況與您平素沒有往來，哪裡敢與您交往呢？屢次蒙受您來拜訪我，初次相見好像老友一般，感覺非常榮幸，超過我的希望，這種心情不是言語可以表達的。

第二段：您所請示寄來的書信和詩、賦、雜文，我看得很仔細。整個說起來，好像浮雲飄行，舒卷自如，又像流動的河水，起初並沒有固定的行蹤，但恆常運行於所應當運行的軌道上，經常停止於不可不停止的地方，行文條理自然暢達，姿勢形態變化多端。孔子說：「語言如果不加潤飾，雖通行而不能傳播。」又說：「言辭，只要清楚表達情意即可。」說到言語只在表達情意，因此就懷疑好像沒有文采，這是不對的。追求事物的巧妙，彷彿要繫住風、捕捉影子；能使物象明白於心，原來在千萬人中只有一個，更何況不僅心中明白，又能運用口和手來表達呢？這就是所謂的文辭暢達。文辭能到暢達的境界，那麼文字語言就用不勝用了。

漢揚雄愛好運用艱深的文字，以掩飾淺薄簡單的道理；如果直接說出來，那麼人人都明白。揚雄就是人家說的「玩文字遊戲」的學者，他著作的《太玄》、《法言》都是這類的著作，而單單後悔不會作賦，為何呢？一輩子玩文字遊戲，只在「音節」上變化，便說是「經」，可以嗎？

屈原創作《離騷經》，本來就是《詩經》十五國風和大、小雅的再變化，就是拿來和太陽、月亮爭光也是可以的，可以因為《離騷經》的文體像漢賦，屬於純文學而說是「文字遊戲」嗎？假使讓賈誼面見孔子，他的資格能進入廳堂還有餘，而揚雄乃因為屈原作《離騷》而鄙視他，把他看成無品、尚相輕視的文人同類。揚雄的淺陋像這樣的，所到之處都是，而且很多，這些話，只能與知音說，很難與一般的世俗人講，因為談到論文的主張，偶然說到而已。歐公陽修說：「文章好像精美的金子、美麗的玉，市面上有它一定的價值，不是人人可以隨便說說，來定文章的貴或賤的。」拉雜地說了許多話，哪裡能對您有幫助呢？慚愧之至。

第三段：您要我在惠力寺寫「法雨堂」三個大字，我本來就不擅於寫大字，勉強寫總是不好，而且在船上，船艙狹小，很難寫，不能依您所說。可是，我才過臨江縣，一定會去遊玩。也許有僧人想寫些什麼，一定會寫幾句留在寺院中，安慰您思念父母的心意。今天我到峽山寺，稍留片刻就離開，我和您相距愈來愈遠。只希望您千千萬萬要自愛自重。

2.刑賞忠厚之至論

堯舜禹湯文武成康之際，何其愛民之深，憂民之切，而待天下之以君子長者之道也；有一善，從而賞之，又從而詠歌嗟歎之，所以樂其始而勉其終。有一不善，從而罰之，又從而哀矜懲創之，所以棄其舊而開其新。故其吁俞之聲，歡忻慘戚，見於虞夏商周之書。

成康既沒，穆王立而周道始衰，然猶命其臣呂侯，而告之以祥刑。其言憂而不傷，威而不怒，慈愛而能斷，惻然有哀憐無辜之心，故孔子猶有取焉。傳曰：「賞疑從與，所以廣恩也；罰疑從去，所以謹刑也。」

當堯之時，皋陶為士。將殺人，皋陶曰：「殺之。」三；堯曰：「宥之。」三。故天下畏皋陶執法之堅，而樂堯用刑之寬。四岳曰：「鯀可用！」堯曰：「不可！鯀方命圮族。」既而曰：「試之。」何堯之不聽皋陶之殺人，而從四岳之用鯀也？然則聖人之意，蓋亦可見矣。書曰：「罪疑惟輕，功疑惟重。與其殺不辜，寧失不經。」嗚呼！盡之矣！

可以賞，可以無賞，賞之過乎仁；可以罰，可以無罰，罰之過乎義。過乎仁，不失為君子；過乎義，則流而入于忍人。故仁可過也，義不可過也。古者賞不以爵祿，刑不以刀鋸。賞以爵祿，是賞之道，行于爵祿之所加，而不行于爵祿之所不加也。刑以刀鋸，是刑之威，施於刀鋸之所及，而不施于刀鋸之所不及也。先王知天下之善不勝賞，而爵祿不足以勸也；知天下之惡不勝刑，而刀鋸不足以裁也，是故疑則舉而歸之于仁。以君子長者之道待天下，使天下相率而歸於君子長者之道，故曰：「忠厚之至也。」

詩曰：「君子如祉，亂庶遄已；君子如怒，亂庶遄沮。」夫君子之已亂，豈有異術哉？制其喜怒，而不失乎仁而已矣！春秋之義，立法貴嚴，而責人貴寬。因其褒貶之義，以制賞罰，亦忠厚之至也！

賞析：

本文表現蘇東坡早年深受儒家思想的影響；此文錄自《經進東坡文集事略》卷九。嘉祐二年（西元一〇五七年）作。本文為蘇軾應試文章。題目出自《尚書・大禹謨》，漢・孔安國傳注：「刑疑附輕，賞疑從重，忠厚之至。」「論」，為文體名，為自家見解之論述。蘇東坡試論文字，悠揚宛宕，此文一意翻作數段。文思精深、論據有力、詞語甚樸、無所藻飾、明快暢達、樸實渾厚、文從字順，合乎歐陽修所提倡的新古文運動，與歐陽修的政治觀念是一致的。全文主要以古人、古書、古事立論。

本文表達蘇軾以仁政治國的抱負，首段以蘇東坡豐富的歷史知識，自然流露出他對古代的盛世及聖賢們的崇拜和嚮往；本文的核心思想，就是主張以仁政治國；所以，首段實際上已表達了本文的思想論點，可以說是開宗明義，即點出題旨。

第二段寫雖世衰，但忠厚猶存的歷史事實，即以仁政治國，是承接首段，具本論述，立法貴嚴而責人貴寬，即忠厚之至的思想。最後，以傳立論，加強語義。說明亂世治國亦以仁厚精神為上。

第三段以對話，以唐堯對兩件事的態度作為實例，即先舉事例，而後引經據典加以論述，說明忠厚之意，即實行仁政的據點。句式變化活潑，此段之論述與上段有變化，層層加深；最後，用感歎，增加力量作結。

第四段以前三段為基礎，展開議論；論辯並說明刑賞忠厚之至論的重要；進一步，對立論進行深化。最後一句，扣題，反應題旨。上下前後呼應，搖曳生姿。

本文表達作者認為治國要行寬仁之政、通上下之情的主張。從語言上講：本段或短句、或長句，準確犀利、嚴謹周密、語句節奏明快、氣勢強盛、明晰透闢、雄辯滔滔，由此可以看出蘇軾論文縱橫上下、議論馳騁、明快鋒利、氣勢雄渾的特點。

第五段（末段）引詩經作結，點明題旨，末句重複，加強並呼應前文，筆筆有力。

前人評曰：「東坡自謂文如行雲流水，即應試論可見，學者讀之，用筆自然圓暢；中間『賞不以爵祿，刑不以刀鋸』一段，議論極有至理。」

東坡嘗言：「凡文章少小時，須令氣象崢嶸采絢，漸老漸熟，乃造平淡，不是平淡，乃絢爛之極。」觀東坡此論，是何等氣象！何等采色！

前人評曰：「文勢如川雲嶺月、其出不窮。」

又曰：「氣象雄義，才華絢爛。」

又曰：「每段述事，而斷以婉言警語，天才燦然，自不可及。」

翻譯：

在唐堯、虞舜、夏禹、商湯、周文王、周武王、周成王、周康王的時代，那些君主對人民的愛護和關心是多麼深切，並且對待天下的老百姓用有道德的、性情謹厚的長輩的方法來對待老百姓；老百姓有做一件好事，就及時獎勵他，又及時歌頌他、讚美他，為的是喜歡老百姓有一個好的開始，並勉勵老百姓要有始有終。如果，老百姓做了壞事，就及時處罰他，又及時憐憫他、懲罰他，為的是要老百姓拋棄他舊有的壞習性，而開始他新的向善的生活。所以，他們的感歎、讚賞、歡喜、悲慘，都見於古代的典籍。

周成王、周康王逝世以後，周穆王繼任，於是周朝的制度開始崩壞，可是，還任命他的臣子呂侯，制定法令，並且告訴他善於用刑的方法。周穆王的話飽含憂慮而無害人之心，充滿威嚴而不發怒，仁慈博愛而很果斷，對於做錯的人抱有同情心，所以，孔子仍然對他的話加以肯定。《春秋傳》說：「要獎賞人，如果事有可疑，就獎賞他，這是為了廣播仁澤；處罰人，如果事有可疑，就不要處罰他，這是為了慎重的執行法令。」

當唐堯當政的時代，皋陶為法官。將判人死罪，皋陶說：「殺了！」說三次。唐堯說：「原諒他！」說三次。所以，天下百姓都畏懼皋陶執行法令的堅決，而喜歡唐堯執行法令的寬仁。古代的高士四岳說：「鯀可以用。」唐堯說：「不可用！鯀違故命令，會毀掉周族的人。」不久又說：「試一試看。」為何唐堯不聽皋陶將罪人判死刑，卻聽從四岳的話用了鯀？原來，聖人唐堯的心意，也是明白可知的。《尚書・大禹謨》說：「判罪有疑問，要從輕發落，獎賞有功的人有疑問，應該從重獎勵。與其殺了無辜的人，寧可自己擔當不執行殺人的法令的責任。」啊！這話把刑賞忠厚之至的涵義，說盡了！

可以獎賞，可以不獎賞；獎賞超出仁慈的界限，可以處罰，可以不處罰，處罰就超過合宜的標準。超過仁慈的界限，還是一個有道德的君子；處罰超過合宜的標準，則流為殘忍的人。所以，仁慈可以超過合宜的界限，處罰不可以超過。古時候的聖王獎賞人不用爵位俸祿，懲罰人不用刀子鋸子的刑具。獎賞用爵位俸祿，這樣賞賜的作用，就只能在得到爵位俸祿的人的範圍內，而不能影響沒有得到爵位俸祿的人。刑罰人用刀子鋸子，這樣刑罰的威力施展在刀子鋸子所達到的地方，而不能用於刀子鋸子所達不到的地方。先王知道行善的人獎賞不盡，可是爵位俸祿不足以做為他們的獎勵；知道天下的惡人刑罰不盡，並且刀子鋸子不足以殺死他們，因此賞罰有了疑問，都用仁慈的態度來處理。用有道德長者的態度來對待天下人，使天下人都相率歸於有道德長者的態度，所以說：「真是忠厚之至啊！」

《詩經・小雅》、《巧言》有詩：「一個有德行的國君如果對讒毀別人的人發怒，社會上的亂象幾乎就會停止；一個有德行國君如果喜歡行善的人，社會上的亂象幾乎就會消逝！」說到一國國君之能阻止社會亂象，哪裡有什麼特別的方法呢？只是在國君自己要克制自己的喜好和憤怒，使喜好和憤怒不失於仁厚之心罷了！《春秋經》的大義，在立定法令重點在要嚴，但是對待百姓則重點在寬厚。我們守住《春秋》讚美、貶抑的原則，來制訂獎賞或處罰，也是忠厚之至啊！

3.喜雨亭記

亭以雨名，志喜也。古者有喜，則以名物，示不忘也。周公得禾，以名其書；漢武得鼎，以名其年；叔孫勝敵，以名其子；其喜之大小不齊，其示不忘一也。

余至扶風之明年，始治官舍，為亭于堂之北，而鑿池其南，引流種木，以為休息之所。是歲之春，雨麥于岐山之陽，其占為有年。既而彌月不雨，民方以為憂。越三月，乙卯乃雨，甲子又雨，民以為未足；丁卯大雨，三日乃止。官吏相與慶于庭，商賈相與歌于市，農夫相與忭于野，憂者以樂，病者以愈，而吾亭適成。

于是舉酒于亭上，以屬客而告之曰：「五日不雨可乎？」曰：「五日不雨則無麥。」「十日不雨可乎？」曰：「十日不雨則無禾。」「無麥無禾，歲且薦飢，獄訟繁興，而盜賊滋熾。則吾與二三子，雖欲優游以樂于此亭，其可得耶？今天不遺斯民，始旱而賜之以雨，使吾與二三子，得相與優游而樂于此亭者，皆雨之賜也。其又可忘邪？」

既以名亭，又從而歌之。歌曰：「使天而雨珠，寒者不得以襦；使天而雨玉，飢者不得以為粟。一雨三日，繄誰之力？民曰太守，太守不有。歸之天子，天子曰不然。歸之造物，造物不自以為功，歸之太空，太空冥冥，不可得而名，吾以名吾亭。」

賞析：

本文錄自《經進東坡文集事略》卷四十八。作於嘉祐七年（西元一〇六二年），時年二十六。喜雨亭在鳳翔府城東北，記為文章的一體，敘事為主，雜以議論。

本文寫作形式靈活多樣，多姿多態，夾敘事、抒情、議論為一體，同時還夾以對話和唱歌；文章結構嚴謹，構思奇巧，立意新，談喜、談雨、談亭，正寫反寫、實寫虛寫、合寫分寫，波瀾起伏，變化無窮，筆調活潑，揮灑自如，語言節奏輕快，搖曳生姿，顧盼生姿，令人讀來覺得喜氣動人。

拈筆而來，自然而然，一氣呵成，行文變化自然無痕；雖文章短小，但論述精闢、喜情感人，文章意之所到，則筆力曲折，無不盡意，為一篇富有特色的佳作；他的語言藝術特色：文字清新流暢、舒卷自如又富於情趣。

文分四段，第一段引用三則古例，說明以雨名亭的用意，是志喜。首兩句點明主題，接著用三個排比句蓄勢。

第二段寫所喜之事，即亭子的建造來歷和亭子周圍的環境；已經一片喜氣。文字參差，敘事明白、清楚。段中第三、四句說明作亭之地，山前向日的一面為陽，山後背日的一面為陰。最後，用三個排比句，表達三種不同的喜情。

第三段再寫一片喜情，借對話來表達並展開議論。說明雨與亭的關係非輕，反覆妙絕。先用疑問、對話排比，再以疑問句與第一段相呼應，寫喜雨。排比句的選用，可為後人典範。

第四段回到亭名上來。借歌辭來表達。化無為有，喜氣洋溢。運用假設、重疊的排比，並運用頂真、連珠句法，風趣中見幽默。

前人評曰：「子瞻〈喜雨亭記〉結云：『太空冥冥，不可得而名；吾以名吾亭。』是化無為有。」

又曰：「說喜雨處切當入情，末雖似戲；然自太守而歸功天子、造化，亦是實理、非虛語。文字通澈流動。如珠走盤而不離乎盤，他人雖有此意思，未必有此筆力，真大家也。」

又曰：「讀此歌可見蘇公心腸盡是珠玉錦繡。」

又曰：「看來東坡此篇文字，胸次灑落，真是半點塵埃不到，自非具眼目者，未易知也。」

又曰：「一反一正，說盡喜雨之情。」

又曰：「志不忘，是名亭主意，即是通篇命意，作者分明點出，從亭上看出喜雨意，掩映有情。」

翻譯：

亭子用雨來做為名字，紀念喜事。古代的人，一有喜事，就用來稱物的名字，表示不忘記。（《尚書》周書微子之命：「作嘉禾。」）唐叔得禾，獻周成王，周成王命他送給周公，周公得到禾，用作他的書的名字；（《史記・孝武本紀》：「命名元鼎。」）漢武帝元狩七年（西元前116年），夏六月中，在汾陽得鼎，就用來作為他的年號的名稱；《左傳》文公十一年記載：叔孫氏戰勝狄人，虜其君僑如；就用僑如來作為他孩子的名字；這三件事，表現的喜情有大有小，各不相同，但是他們要表示永遠不忘記是相同的。

我到鳳翔的第二年，才開始整頓官舍，作亭在廳堂的北面，在南面開鑿池塘，引流水種植花木，作為休憩的所在。這年的春天，在岐山的前方下了麥子，占卜的結果是這年收成好。不久，整月不下雨，老百姓正開始擔憂。過了三個月初八才下雨，十七日又下雨，老百姓以為不夠，二十日下大雨，下了三天才止。官吏們互相在庭園中慶祝，商人貿易商互相在市場上唱歌慶祝，農夫們互相在田野間表現喜樂之情，憂心的人都高興了，生病的人都復癒了，而我的亭子剛好完成。

於是在亭上舉行酒會，用來吩咐賓客，並且告訴他們說：「五天不下雨可以嗎？」回答：「五天不下雨就不會長麥子。」「十天不下雨可以嗎？」回答：「十天不下雨就不會長稻子。」「不長麥、不長稻子，年成不好而且連年饑荒，監獄裡的訴訟多得不得了，加上強盜、小偷猖滋猖厥。那麼我和您們，雖然想在閒暇時自得自在的在這亭子快樂一下，豈是可以的嗎？今天，上天不拋棄老百姓，起先讓天氣乾旱，再賜惠下起雨來，使我和您們，得以互相優遊自得而在亭上飲酒作樂，都是因為下雨的恩賜，這豈又可忘記呢？」

已經用來作為亭子的名稱，又跟著歌頌此事。歌詞曰：「假設天下珍珠，寒凍的人不可以用來當衣穿；假使天下寶玉，飢餓的人不可以當粟米來吃。下一次雨，連下三天，是誰的力量？老百姓說是太守，太守不敢居功。歸功於天子，天子說：『不是我？』歸於自然，自然不自以為功，歸於太空，太空迷濛一片，不可以用雨來作為名稱，我就用來稱作我亭子的名稱。」

4.凌虛臺記

國于南山之下，宜若起居飲食與山接也。四方之山，莫高于終南；而都邑之麗山者，莫近于扶風。以至近求最高，其勢必得。而太守之居，未嘗知有山焉。雖非事之所以損益，而物理有不當然者，此凌虛之所為築也。

方其未築也，太守陳公，杖履逍遙于其下。見山之出于林木之上者，纍纍如人之旅行于墻外而見其髻也。曰：「是必有異」，使工鑿其前為方池，以其土築臺，高出于屋之簷而止。然後人之至於其上者，怳然不知臺之高，而以為山之踴躍奮迅而出也。

公曰：「是宜名凌虛。」以告其從事蘇軾，而求文以為記。軾復于公曰：「物之廢興成毀，不可得而知也。昔者荒草野田，霜露之所蒙翳，狐虺之所竄伏。方是時，豈知有凌虛臺耶？廢興成毀，相尋于無窮；則臺之復為荒草野田，皆不可知也。嘗試與公登臺而望，其東則秦穆之祈年、橐泉也，其南則漢武之長楊、五柞，而其北則隋之仁壽，唐之九成也。計其一時之盛，宏傑詭麗，堅固而不可動者，豈特百倍于臺而已哉？然而數世之後，欲求其彷彿，而破瓦頹垣，無復存者。既已化為禾黍荊棘丘墟隴畝矣，而況于此臺歟？夫臺猶不足恃以長久，而況于人事之得喪，忽往而忽來者歟？而或者欲以誇世而自足，則過矣！蓋世有足恃者，而不在乎臺之存亡也！」既已言于公，退而為之記。

賞析：

本文錄自《經進東坡文集事略》卷四十八。嘉祐八年（西元一〇六三年）作。蘇軾文章善於虛實相濟，《凌虛臺記》先實後虛，文章起首寫築臺原因，次寫臺的建造過程凌虛之名的來由，再寫陳公弼聘請作者作記，依次一一破題，之後再提出「物之廢興成毀，不可得而知也」，使文章再生波瀾，奇峰突出。文理暢達，筆墨淋漓酣暢。

凌虛臺為太守陳希亮所築，蘇軾二十八歲時作。主題以記臺為由，表達自己對「物之廢興成毀」和「人事之得喪」的看法，積極而樂觀。此文先記敘而後議論。蘇軾有凌虛臺詩：「才高多感激……浩歌清興發。……。」此文記人準確傳神，寫景生動形象，議論精闢有力。蘇軾為樓臺亭榭作記的文字較多，但並非單純的寫景記勝，而是通過題寫亭臺，寓寄自己的思想感情，抒發個人胸臆。

第一段：介紹建臺的原因。

第二段：說明築臺的過程。

以上二段實講。

第三段：回覆陳公弼，點出本文主旨。

本段虛寫。

此段議論一出，筆力縱橫，豪氣英發，議論內容，從今到古，從古到今，從臺到殿，從殿到臺，從臺殿到人事，從人事到有足恃者，一氣呵成，雄辯滔滔，口若懸河。

此文寫作方法，平中見奇，富於變化。

前人評曰：「凌虛臺記末句云：『蓋世有足恃者，而不在乎臺之存亡也。』其論甚高，其文尤妙，終篇收拾盡在此句，而意在言外，諷詠不盡，昔王師席所謂：『文之韻者。』此類。」

又曰：「登高感慨，寫出傑士風氣。」

又曰：「曠達。」

又曰：「此篇不惟文思溫潤有餘，而說安遇順性之理，極為透澈，此坡翁生平實際也。」

翻譯：

轄區在終南山下，所以好像日常飲食生活習慣，與終南山分不開。四面的山，沒有比終南山更高的；可是連接城鎮的山，沒有比陝西鳳翔更靠近的。（以上敘事。）以最接近山的地勢來要求最高的視野，它的地利自然獲得。可以太守居住的地方，卻不知道有山在。雖然山不會因人不能窺其全貌而有所增減，但是按照一般常理來說，居住在山邊却不能領略山川秀色，畢竟是一件憾事，故凌虛臺勢在必築。

當凌虛臺還沒蓋的時候，太守陳公弼，拿著拐杖、穿著布鞋在山腳下漫步。只見山在林木上忽隱忽現，連綿不斷，好像在牆外旅行的人，只看見她們的髮髻。說：「這一定是必然有奇異、奇特的。」派遣工人開鑿堂前為四方池塘，拿挖出來的土築成高臺，高出屋檐才止。可是，往後的人到達高臺上，恍恍忽忽不知道臺很高，而以為群山在洶湧奔騰，從地上冒出來一樣。

陳公弼說：「這適宜用凌虛為臺的名字。」把他的感覺和築臺的經過告訴蘇東坡，並求蘇東坡寫文章記述。蘇東坡回答陳公說：「世上萬物的興盛與毀滅，是無法捉摸的。從前這裡荒草蔽野、霜露覆蓋，狐狸、毒蛇出沒無常。在這時，那裡知道有凌虛臺？興盛與毀滅，交相更替是無窮無盡的；那時凌虛臺又變成荒草野田，都不可預知。曾經與太守陳公登上凌虛臺向前望，臺的東面是秦穆公的祈平觀、橐泉宮，臺的南邊是漢武帝的長楊宮、五柞宮，臺的北面是隋煬帝的仁壽宮、唐太宗的九成宮。這些宮殿當時興盛的狀況，宏偉高大、奇特壯麗，堅固而不可動搖的氣勢，那裡只等於凌虛臺的百倍而已？但是，幾代以後，想看看它們大致的輪廓，却只有斷壁殘垣，不再有任何痕跡存在。都已經成長為莊稼的田野和荊棘叢生的廢墟了，更何況凌虛臺呢？再說，這些宮殿亭臺都不可長久的存在，更何況人事的獲得或喪失，過去或出現的呢？而不懂得這個道理的人，想用一時的得失向世人炫耀，以此為滿足，那麼就錯了！原來世上還有足以依靠而永存的東西，而它與這座土臺的存在或滅亡沒有關係；已經向太守陳公報告了，就告退回來作這篇記。

5.超然臺記

凡物皆有可觀。苟有可觀，皆有可樂，非必怪奇偉麗者也。餔糟啜醨，皆可以醉，果蔬草木，皆可以飽，推此類也，吾安往而不樂？

夫所為求福而辭禍者，以福可喜而禍可悲也。

人之所欲無窮，而物之可以足吾欲者有盡。美惡之辨戰于中，而去取之擇交乎前，則可樂者常少，而可悲者常多，是謂求禍而辭福。夫求禍而辭福，豈人之情也哉？物有以蓋之矣。

彼遊于物之內，而不遊于物之外；物非有大小也，自其內而觀之，未有不高且大者也。彼挾其高大以臨我，則我常眩亂反覆，如隙中之觀鬥，又焉知勝負之所在？是以美惡橫生，而憂樂出焉；可不大哀乎！

余自錢塘移守膠西，釋舟楫之安，而服車馬之勞；去雕牆之美，而蔽采椽之居；背湖山之觀，而行桑麻之野。始至之日，歲比不登，盜賊滿野，獄訟充斥；而齋廚索然，日食杞菊，人固疑余之不樂也。處之期年，而貌加豐，髮之白者，日以反黑。余既樂其風俗之淳，而其吏民亦安予之拙也，于是治其園囿，潔其庭宇，伐安丘，高密之木，以修補破敗，為苟全之計。而園之北，因城以為臺者舊矣；稍葺而新之，時相與登覽，放意肆志焉。

南望馬耳、常山，出沒隱見，若近若遠，庶幾有隱君子乎？而其東則廬山，秦人盧敖之所從遁也。西望穆陵，隱然如城郭，師尚父、齊威公之遺烈，猶有存者，北俯濰水，慨然太息，思淮陰之功，而弔其不終，臺高而安，深而明，夏涼而冬溫。雨雪之朝，風月之夕，余未嘗不在，客未嘗不從。擷園蔬，取池魚，釀秫酒，瀹脫粟而食之。曰：「樂哉游乎！」

方是時，余弟子由適在濟南，聞而賦之，且名其臺曰：「超然」。以見余之無所往而不樂者，蓋遊于物之外也。

賞析：

本文錄自《經進東坡文集事略》卷五十，是蘇軾於熙寧八年（西元一〇七五年）移知密州時作。通篇寫超然一義，無論寫人、寫物、寫景，無不扣住超然一義議論之。實是借記臺抒情說理。先議論而後記敘。

這是一篇弘揚蘇軾超然思想的絕妙文字，追求超然豁達是蘇軾的典型思想。行文一瀉千里，將超然的觀點，闡發得淋漓盡致。沈德潛云：「通篇含超然一意，末端點題亦是一法。」

第一段：開篇立論，充分表達他隨遇而安，與世無爭的超然態度。

第二段：承第一段加以引申，反覆論證，寫超脫物欲才會快樂。

以上二段高談闊論，文字激揚。

第三段：以自己的經歷和史實，說明超然物外的歡愉。行文平敘低吟，娓娓道來。末段運用寫景文字，向四方鋪述，簡潔優美。

第四段：點出題旨與前文相呼應而作結。

前人評曰：「超然臺記謂物皆可樂，人之所欲無窮，而物之可以足吾欲者有盡，無往而不樂者，蓋游於物之外也，東坡胸中本無軒冕，故其風神筆墨皆自瀟灑。」

又曰：「子瞻本色，與凌虛臺記並本之莊生。」

又曰：「前發超然之意，後段敘事解意，兼敘事格。」

又曰：「是記發超然之意，然後入事，其敘事處，忽及四方之形勝，忽入四時之佳景，俯仰情深，而總歸之一樂，真能超然物外者矣。」

又曰：「通篇把定游於物外四字，則知天下足欲之難，知足之難，則隨遇皆知足。……超然者，超乎物外也。文前半說理，後半敘事，初無妙巧，難在有達生之言可以味耳。」

翻譯：

大凡萬物都有值得觀賞的。（即李白：「天生我才必有用。」）如果有值得觀賞的，都有值得喜悅的，並非一定要怪異、奇特、宏偉、精麗的。吃酒糟、喝薄酒，都會令人酣醉，吃水果、蔬菜、草木，也都可以使人飽足。由此類推，我到哪兒會不快樂？

說到所謂追求幸福而避開災禍的，只因為幸福人人喜愛而災禍令人人悲傷。人的欲望無窮，可是萬物所以可以令人的滿足的，是有限的。喜愛的或是可厭的，在人人內心中交戰，老是在想著要擇取還是要捨棄，那麼可以快樂的就很少了，而令人悲傷的，就多了，這就是所謂追求災禍而辭去幸福。說到追求災禍而辭去幸福，哪裡是人的本意啊！只是因為外物把人心蒙蔽了。他們游心於事物之內，而不能超脫物欲；外物沒有大小之別，如果從事物之內來看（也就是說侷限在事物之內來看），事物沒有不又高又大的。事物以它又高又大的事象來面對個人，那麼個人就常會感到暈眩、混亂、迷惑，好像在夾縫中看人打架，又哪裡會知道誰勝誰敗？因此心中就產生許多好惡之感，而且擔心或外樂就表現出來；這豈不是很令人傷心的事！

我從杭州遷到密州，拋棄坐船的安逸生活，承受騎馬坐車的辛勞；離開了華美的居室，而住進簡樸的房子；拋棄西湖山光水色的美好風光，而生活在桑樹木麻的荒野。剛到那天，年年收成不好，強盜、小偷到處都是，監獄裡的訴訟很多；可是廚房裡空空盪盪，每天吃枸杞菊花，人人固然懷疑我不快樂。在這裡住了一年，外貌更加豐滿，白頭髮一天天變黑。我已經喜歡這裡淳厚的風俗，而這裡的官吏也安心於我的管理，於是整治果園菜圃，收拾乾淨庭院屋舍，砍伐安丘、高密的樹木，拿來修補殘破、敗壞的地方，作為苟且安生的計畫。可是田園的北面，依靠州城而築的臺子很舊了；我就稍微修整更新一下，不時與人上臺互相觀賞，開放心懷、馳騁心志。向南看是馬耳山、常山，時出時沒，似近似遠，好像看到有道德的隱士？而它的東面是盧山，是秦朝人盧敖隱居的地方。西面看是穆陵關，自然表達擴充府城的氣勢，效法齊太公呂尚、齊桓公所遺留下的功勛，還存在著，北面俯看濰水，感慨著歎息，想到淮陰侯韓信的功業，而感慨他不能善終。臺子很高又安全，深邃又明亮，夏天涼爽、冬天溫暖。下雨雪的湖光山色，有風有月的夜晚，我沒有不想與友伴一起相從到臺子上的。採園子裡的蔬菜，捕捉池塘中的游魚，用秫釀酒，洗滌脫殼的粟米來食用。說：這樣的遊玩，真快樂啊！

在這個時候，我的弟弟子由正在濟南，聽我到此地的生活，作了一篇賦，並且稱臺子為「超然臺」。來表現我不論到什麼地方都沒有不快樂的，原來是超脫物欲之外的緣故。

6.日喻

生而眇者不識日，問之有目者。或告之曰：「日之狀如銅盤。」扣盤而得其聲。他日聞鐘，以為日也。或告之曰：「日之光如燭。」捫燭而得其形。他日揣籥，以為日也。

日之與鐘、籥亦遠矣，而眇者不知其異，以其未嘗見而求之人也。道之難見也甚于日，而人之未達也，無以異于眇。達者告之，雖有巧譬善導，亦無以過于盤與燭也。自盤而之鐘，自燭而之籥，轉而相之，豈有既乎？故世之言道者，或即其所見而名之，或莫之見而意之，皆求道之過也。

然則道卒不可求歟？蘇子曰：「道可致而不可求。」何謂致？孫武曰：「善戰者致人，不致于人。」子夏曰：「百工居肆，以成其事，君子學以致其道。」莫之求而自至，斯以為致也歟！

南方多沒人，日與水居也，七歲而能涉，十歲而能浮，十五而能浮沒矣。夫沒者豈苟然哉？必將有得于水之道者。日與水居，則十五而得其道；生不識水，則雖壯，見舟而畏之。故北方之勇者，問于沒人，而求其所以沒，以其言試之河，未有不溺者也。故凡不學而務求道，皆北方之學沒者也。

昔以聲律取士，士雜學而不志于道；今也以經術取士，士知求道而不務學。渤海吳君彥律，有志于學者也，方求舉于禮部，作日喻以告之。

賞析：

此文錄自《經進東坡文集事略》卷五十七。作於元豐元年（西元一〇七八年），時蘇軾任徐州知州。此文借盲人說日為喻，說明學問貴於自得，經世在於世事歷練，為一般學子說法。對後學的殷殷教誨，宛然可見。

本文又名〈日喻贈吳彥律〉，文中用了兩個寓言故事，來說明追求真理，必須身體力行，發人深思，引人入勝，而這兩個寓言對比鮮明、充滿情趣。

第一段：一舉筆就破題，直舉例以明之。

第二段：承第一段再申論。

第三段：轉，中述道可致而不可求。要實至名歸。

第四段：舉例承第三段再加申述。求道在於長期潛心的學習。

第五段：合，扣題與題文相呼應。

前人評曰：「論道之難見，蓋為不務學者戒也。」

又曰：「公之以文點化人，如佛家參禪妙解。」

又曰：「絕妙，自莊子悟來。」

翻譯：

天生的瞎子不認識太陽，向眼睛不瞎的人問。有的人告訴他說：「太陽的形狀像銅盤。」扣銅盤而聽到盤聲。有一天，他聽到鐘聲，以為這就是太陽。有的人告訴他：「太陽的亮光像燭光。」用手摸燭而得到燭的形狀。有一天，他揣磨竹笛，也以為這竹笛就是太陽。

太陽和鐘、竹笛差得很遠，而瞎子不知道分別，只因為他不曾見過，向人打聽來的。真理是很難理解的，比瞎子想理解太陽更難，可是人不通曉真理，和瞎子無異。通達的人告訴他，就是有巧妙的譬喻、良好的指導，也不可能超過盤子和蠟燭。從盤而到鐘，從蠟燭而到竹笛，輾轉視察、考察，哪裡會有止境呢？所以，世界上的人都在說道理、真理，有的因他見到的來稱說，有的不太理解而猜測，都是追求真理的錯誤方法。

那麼真理終不可追求嗎？蘇軾說：「真理可以達到，不可以追求。什麼叫做達到？」孫子說：「擅長打戰的人設法使敵人來打，而不被敵人招去打。」子夏說：「百種工藝，居住在市場中，才能完成他們的事業，一個有能力、有道德的人，要虛心用心學，才能達到、懂得真理大道。」不去求真理，而自然達到，這就是達到真理啊！

南方多懂得潛水游泳，因為每天都和水一起過活，人人七歲就會徒步渡水，十歲就會浮在水面，十五歲就會潛水游泳。說到會潛水游泳，哪裡是偶然呢？一定是懂得潛水游泳的門路。每天和水一起生活，那麼，十五歲就會懂得游泳的方法；如果生來就不諳水性，即使長得很強壯，看到船就怕了。所以，北方的勇士，向會潛水游泳的人問潛水游泳的方法，而想求到如何潛水游泳的工夫，拿去潛水游泳的人所講的話在河裡試，沒有不溺死的。所以，凡是不求學問而想求道的，都是一些北方勇士想學會潛水游泳的人一樣。

從前以作賦作詩來選拔讀書人，求學的人學得很雜，卻不專心於求真理；現今以經學拔擢讀書人，讀書人知道追求真理，卻不用心力去做學問。渤海人吳彥律，有決心務實地做學問，剛應禮部的考試，我作這一篇〈日喻〉來告訴他。

7.放鶴亭記

熙寧十年秋，彭城大水，雲龍山人張君之草堂，水及其半扉。明年春，水落，遷于故居之東，東山之麓。升高而望，得異境焉，作亭于其上。彭城之山，岡嶺四合，隱然如大環，獨缺其西一面。而山人之亭，是當其缺。春夏之交，草木際天，秋冬雪月，千里一色。風雨晦明之間，俯仰百變。山人有二鶴，甚馴而善飛。旦則望西山之缺而放焉，縱其所如，或立于陂田，或翔于雲表，暮則傃東山而歸，故名之曰：「放鶴亭」。

郡守蘇軾，時從賓佐僚吏，往見山人。飲酒于斯亭而樂之，挹山人而告之，曰：「子知隱居之樂乎？雖南面之君，未可與易也。易曰：『鳴鶴在陰，其子和尺。』詩曰：『鶴鳴于九皋，聲聞于天。』蓋其為物，清遠閑放，超然于塵埃之外。故易、詩皆以比賢人君子，隱德之士，狎而玩之，宜若有益而無損者，然衛懿公好鶴則亡其國。周公作酒誥，衛武公作抑戒，以為荒惑敗亂無若酒者，而劉伶阮籍之徒，以此全其真而名後世。嗟夫！南面之君，雖清遠閑放如鶴者，猶不得好；好則亡其國。而山林遁世之士，雖荒惑敗亂如酒者，猶不能為害，而況于鶴乎？由此觀之，其為樂未可以同日而語也！」

山人欣然而笑曰：「有是哉！」乃作〈放鶴〉〈招鶴〉之歌曰：「鶴飛將去兮西山之缺。高翔而下覽兮擇所適。翻然斂翼，宛將集兮！忽何所見，矯然而復擊。獨終日于澗谷之間兮，啄蒼苔而履白石」。「鶴歸來兮！東山之陰。其下有人兮，黃冠草履，葛衣而鼓琴。躬耕而食兮！其餘以飽汝。歸來歸來兮，西山不可以久留。」

元豐元年十一月初八記。

賞析：

此文錄自《經進東坡文集事略》卷五十一，蘇軾於元豐元年（西元一〇七八年）作於徐州。時蘇軾為徐州知州，年三十四歲。為作者托物借景以抒懷喻志，表現含蓄委婉又揮灑自如的獨特風格。議論在中間，前後為記敘。與歐陽修〈醉翁亭記〉有異曲同工之妙，文筆簡潔、傳神、寫景狀物僅寥寥數語，令人如臨其境。敘次議論並超逸，歌亦清曠，前人品文中之仙。疏曠爽然，特少沉深之思。從結構上看：層次分明、語言簡鍊、節奏清晰、變化有致、起承轉合、縝密嚴謹。從內容上看：借題發揮、自然展開、通篇緊扣一個「鶴」字，卻處處寫的是人、是情，是意境、是抱負，寫情於景、借物抒情。

第一段：介紹放鶴亭的由來，以及周圍的環境。開篇由時間和空間上、由遠及近，層層引入，井然有序、生動自然。可以與歐陽修「醉翁亭記」相參。

第二段：借文中作者告山人之語，抒發自己的見解，以闡述隱居之樂。由於緊扣文旨，故轉折得天衣無縫。此段由鶴及史、由史及今、穿插議論，將物、史、今融為一體，文氣一氣呵成，一貫到底。

第三段：作者借山人之口，唱出「放鶴、招鶴」之歌，描繪仙鶴飄逸之姿，盡情抒發心中感慨。清音幽韻。

第四段：寫作記時間與篇首起句相呼應。

前人評曰：「記放鶴亭，卻不實寫隱士之好鶴，乃於題外，尋出酒字，與鶴字作對，兩兩相較，真見得南面之樂無以易隱居之樂，其得心應手處，讀之最能發人文機。」

翻譯：

熙寧十年的秋天，彭城漲大水。雲龍山人張師厚的草堂，水淹到門的一半。第二年春天，大水退了，遷到舊址的東邊，在東山的山腳下。爬到高處遠望，看到奇異的妙境，作亭子在上頭。彭城的山，山嶺與山岡互相環抱，隱隱約約的像一隻大手環，獨獨缺山西部的十分之二。而且，雲龍山人的亭子，正當它的缺口。春夏交替時，草木直衝雲霄，秋冬白雪月光一片，照射千萬里，景致一致。刮風下雨、天際昏暗之際，抬頭看，低頭俯視，景色千變萬化。雲龍山人養二隻鶴，非常馴服而且很會飛。清晨就向西山的缺口放它們飛翔，放縱它們自由自在，有的時候站在山坡田野上，有的時候直飛入雲霄，傍晚就向東山飛回來，所以將亭子命名為放鶴亭。

太守蘇東坡，時時相從賓客、幕僚、官吏，前往訪問雲龍山人。在亭上很快樂地飲酒，向張師厚斟一杯酒並且告訴他，說：「您知道隱居的快樂嗎？就是做國君，也不可與他對換的。《易經》說：『鶴在山北鳴叫，它的孩子和它應和。』《詩經・小雅》鶴鳴曰：『鶴在高岸上鳴叫，聲音在天上都能聽到。』原來，鶴身為動物，身為飛禽，清新、曠遠、閑適、縱放，超曠自然於世俗之外。所以、《易經》、《詩經》都拿來比喻有才能、有道德、隱居有德的讀書人，習常眈鶴玩賞，恰當彷彿對人有益而無損害，但衛懿公因為喜愛鶴卻亡了國（見《左傳》閔公二年）。周公作〈酒誥〉（《尚書》篇名），衛武公作〈抑戒〉（《詩・大雅》篇名），都認為好鶴會使人荒唐迷惑衰敗混亂，不比酒更差，可是劉伶、阮籍這些人，卻因為喜愛酒而保全他們的真性情而留名於後世。啊！當國君，雖然清新淡遠閑適縱放如鶴，卻不能喜愛鶴；喜愛鶴，就亡國。可是，山野森林中的隱士，雖然，荒唐衰敗混亂地像喝了酒，卻不能因酒而有害，更何況對於鶴呢？由此看來，喜愛鶴的隱士生活的樂趣與劉伶、阮籍之好酒是不可同日而語的。」

雲龍山人欣慰地笑說：「真是這樣的！」於是作放鶴、招鶴的歌，說：「鶴啊！向西山的缺口飛去。飛得很高而且向下看，選擇它所適切的。翩翩飛起又收斂它的羽翼，宛如將要收翼止歇！忽然彷彿看到了什麼，又飛高、又飛低。獨自整天翱翔在澗水山谷之間！啄食蒼綠青苔並且在白石間走動。」「鶴啊！回來吧！回來東山的山北。在山下有人在等你呢？戴黃帽、穿草鞋，穿布衣並且正在彈琴。自己親自下田耕種，多餘的半食就用來餵你。回來吧！回來吧！西山不可以滯留太久啊！」

元豐元年十一月初八日作記。

8.文與可畫篔簹谷偃竹記

竹之始生，一寸之萌耳，而節葉具焉；自蜩腹蛇蚹，以至于劍拔十尋者，生而有之也。今畫者乃節節而為之，葉葉而累之，豈復有竹乎？故畫竹必先得成竹于胸中，執筆熟視，乃見其所欲畫者，急起從之，振筆直遂，以追其所見，如兔起鶻落，少縱則逝矣。與可之教予如此。予不能然也，而心識其所以然。夫既心識其所以然，而不能然者，內外不一，心手不相應，不學之過也。故凡有見于中，而操之不熟者，平居自視了然，而臨事忽焉喪之，豈獨竹乎？子由為《墨竹賦》以遺與可曰：「庖丁，解牛者也，而養生者取之；輪扁，斲輪者也，而讀書者與之。今夫夫子之託于斯竹也，而予以為有道者則非耶？」子由未嘗畫也，故得其意而已。若予者，豈獨得其意，并得其法。

與可畫竹，初不自貴重。四方之人，持縑素而請者，足相躡于其門。與可厭之，投諸地而罵曰：「吾將以為襪材！」士大夫傳之，以為口實。及與可自洋州還，而余為徐州，與可以書遺余曰：「近語士大夫：『吾墨竹一派，近在彭城，可往求之。』襪材當萃于子矣。」書尾復寫一詩，其略曰：「擬將一段鵝溪絹，掃取寒梢萬尺長。」予謂與可：「竹長萬尺，當用絹二百五十匹，知公倦于筆硯，願得此絹而已！」與可無以答，則曰：「吾言妄矣！世豈有萬尺竹哉？」余因而實之，答其詩曰：「世間亦有千尋竹，月落庭空影許長。」與可笑曰：「蘇子辯者？辯矣，然二百五十匹絹，吾將買田而歸老焉！」因以所畫篔簹谷偃竹遺予曰：「此竹數尺耳，而有萬尺之勢。」篔簹谷在洋州，與可嘗令予作洋州三十詠，篔簹谷其

一也。予詩云：「漢川修竹賤如蓬，斤斧何曾赦籜龍，料得清貧饞太守，渭濱千畝在胸中。」與可是日與其妻游谷中，燒筍晚食，發函得詩，失笑噴飯滿案。

元豐二年正月二十日，與可沒于陳州。是歲七月七日，予在湖州，曝書畫，見此竹，廢卷而哭失聲。

昔曹孟德〈祭橋公文〉，有「車過」、「腹痛」之語，而予亦載與可疇昔戲笑之言者，以見與可于予親厚無間如此也。

賞析：

本文錄自《經進東坡文集事略》卷四十九，元豐二年（西元一〇七九年）作於湖州。這篇文章夾議論、記事、抒情為一體。借畫竹，表現作者對文同的緬懷之情。這是一篇畫記，也是一篇哀悼文字，文筆疏落有致，妙趣橫生，語言清新自然、樸素、流暢、亦莊亦諧、感情色彩濃烈，充滿藝術魅力。也表現了蘇軾深銳的藝術見解。感情奔放、妙語泉湧、情理兼備。小品文，隨物賦形，不拘一格，由此文可見。

本篇在藝術構思上新穎、別致、別具匠心、作品不似一般悼人文字，一開篇便直覺了當地介紹文與可的畫竹經驗、理論及作者對這些理論的看法，表現出作者從大處著眼的博

大胸襟。將這寶貴的文字留諸後世，是蘇軾對亡友的最大慰藉與悼念，這種獨特的、新奇的構思，非文學大家是不可企及的。

第一段：先由竹子的生態寫起，提出神似重於形似的畫論，並倡導寫竹必須成竹在胸，要不斷學習。

第二段：敘述文與可作畫，記敘作者與文與可之間，作畫與贈畫的幾件瑣事。從而表現文與可的為人與神采、風貌。

第三段：轉寫弔念之情。

第四段：提出此文的創作主旨。

前人評曰：「自畫法說起，而敘事錯列，見與可竹法之妙，而公與與可之情，尤最厚也，筆端出沒，卻是仙品。」

又曰：「人言此記類莊，余言有類司馬子長體。」

又曰：「前段便是莊子庖丁解牛全文，因後段添許多妙論，所以隔一層。」

又曰：「中多詼諧之言，而論畫竹入解。」

又曰：「入手數語，得畫家之深者。是後疎疎莽莽，真似不作文字，號而讀之，曰文字耳。」

翻譯：

竹剛生出來時，長出一寸長的筍芽，可是竹節、竹葉都具備了；竹子從形似蟬腹、蛇腹的筍芽，長到像拔劍那樣八十尺長伸向空中，都是自然生長的結果。今天的畫家竟然把一節一節的竹節都畫出來了，一片片竹葉都加上去，哪裡有全竹的姿態呢？所以，畫竹子一定得先要心裡有全竹，握著畫筆久久看著它，於是就看到所想要畫的竹子的形象，這時，就要急急抓住這個形象，揮筆畫去，拿筆直進，來追尋心中所見的竹子的形象，這個形象好像兔子跳起來，鶻鳥飛下來，稍微放鬆就會消失。與可教我畫竹，就是如此。我不能做到如此，可是心裡知道，為什麼要如此。說到既然心中知道為什麼要如此，卻不能如此，內在的心和外在的手，不能一致，不能互相呼應，沒有好好學習的過錯。所以，凡是心裡看見的，而運用得不熟練的人，平常自己覺得很了解，但是，事到臨頭，又不清楚了，哪裡只有畫竹才如此呢？弟弟子由作〈墨竹賦〉來贈給與可說：「庖丁是莊子養生主中的廚夫，他解剖牛，不用刀鋒，遊刃有餘，刀用了十九年，還是和新的一樣；梁惠王聽了，認為是養生最好的方法。庖丁是解剖牛隻的，可是求養生之道的人，認為是很好的方法；輪扁，砍削木頭做輪子的人，可是齊桓公（讀書者）贊許他的意見。今天，說到與可將思想、感情寄託於竹，而或認為與可是個有名聲、有修養的人，難道是錯嗎？」弟弟子由不曾繪畫，所以，只了解與可的性情意境罷了。像我呢？哪裡只獨得他的意境，並且得到他畫竹的技巧。

與可畫竹子，起初自己都不覺得珍貴，也不看重自己的畫。四面八方的人，拿白絹向他求畫，一個接一個的走進他的家門。與可覺得討厭，將人們送來的畫布投到地上，怒罵說：「我要拿來做襪子！」士大夫們將此事傳開來，大家把它作為談話的資料。等到與可從陝西洋縣回來，而我正做徐州太守。與可寫信給我說：「我近來告訴士大夫們：『我畫的墨竹一派，最近已傳到徐州，您們可以去向他求畫。』做襪子的材料一定都歸了。」在信末又寫一首詩，大略說：

「準備將一段四川鵝溪產的白絹，替你畫一竿萬尺長的竹子。」我告訴與可：「竹子長萬尺，一定要用掉絹二百五十匹，知道先生厭倦作畫，只願獲得這些絹而已！」與可無法回答我，就說：「我的話太狂妄了！社會上哪裡有萬尺長的竹子呢？」我借此就舉例證實他的話，回答他的詩說：「人世間也有八千尺長的竹子，月照空庭，竹影就有如此長。」與可笑說：「蘇東坡先生真會說話，可是如果有二百五十匹絹，我將要買田地，告老回鄉！」因此就以當時畫的一幅「篔簹谷偃竹」送我說：「這竹子只數尺而已，卻有萬尺的氣勢。」篔簹谷在陝西洋縣，與可曾經叫我作〈洋州三十詠〉，篔簹谷其中的一首。我的詩說：「漢水濱長長的竹子多得不值錢，賤如蓬草，斧頭哪裡曾赦免過竹筍，料想到清寒貧賤的愛吃的太守，渭水邊一千畝的竹子都被您吃到心胸裡了。」與可那天正和他的妻子在遊篔簹谷，燒竹筍吃晚餐，打開信得到詩，失態嘻笑，飯粒撒滿桌案。

元豐二年正月二十日，與可歿，在陳州。這年七月七日（中國情人節，七夕）。我在湖州，曬書畫，看到他送我的竹子，拋卻畫卷，痛哭失聲。

從前曹操祭橋玄，有「車過步」、「腹痛不已」的話，而我也記錄從前與可嬉戲詼諧的話，來表現與可和我親厚的感情如此，關係是如此親密無間。

附錄

附錄一：歷代流傳東坡書畫作品編年表

年　　代	作品名	著錄處
元豐二年（一〇七九年）	行楷書近作三篇卷	石一
元豐二年（一〇八〇年）	書畫記卷	式古
	書太白梁園吟卷	紅豆
元豐四年（一〇八一年）	行楷書跋語一則	石一
	雜書琴事卷	式古
元豐六年（一〇八三年）	行楷書苦雨詩	庚子
	泛舟詩並柬	式古
元豐七年（一〇八四年）	書橘頌	式古
	乞居常州奏狀卷	
元豐八年（一〇八五年）	書子由夢中詩跡	

元祐元年（一〇八六年）	篔簹圖卷	式古
	行書自書詩帖卷	石一
	書子由夢詩帖卷	墨緣
元祐二年（一〇八七年）	行書次韻三舍人省上詩卷	石二
	行楷書春帖子卷	
元祐三年（一〇八八年）	墨竹軸	石二
	書維摩贊魚枕冠頌合卷	大觀
	書送李方叔詩卷	
元祐四年（一〇八九年）	書寄王文父子辨兄弟詩卷	大觀
	書記蘇秀才遺歙硯	
	書游天竺寺安老亭詩卷	吳越
元祐五年（一〇九〇年）	次辨才韻詩帖	石二
元祐七年（一〇八二年）	琴操帖	式古
元祐八年（一〇八三年）	書太白仙詩卷	大觀
紹聖元年（一〇九四年）	洞庭中山二賦卷	墨緣
	墨竹卷	岳雪
紹聖二年（一〇九五年）	為卓契順書歸去來辭卷	石一
	養生論	式古
元符二年（一〇九九年）	獻蠔帖	大觀
元符三年（一一〇〇年）	書陶靖節清晨叩門詩	式古
	楷書天慶觀乳泉賦詩	石一

資料來源：歷代流傳書畫作品編年表（徐邦達編）

注釋：

①石一：《石渠寶笈初編》（清・內府）

②石二：《石渠寶笈續編》（清・內府）

③式古：《式古堂書畫彙考》（清・卞永譽）

④紅豆：《紅豆樹館書畫記》（清・陶樑）

⑤庚子：《庚子銷夏記》（清・孫承澤）

⑥墨緣：《墨緣彙觀》（清・安岐）

⑦大觀：《大觀錄》（清・吳升）

⑧吳越：《吳越所見書畫錄》（清・陸時化）

⑨岳雪：《岳雪樓書畫錄》（清・孔廣陶）

附錄二：李杜題畫詩之意涵

壹、前言

題畫詩乃元明以後，文人書畫上不可或缺之一元素。將詩與畫融合，形成整體觀術，且為象徵文人特殊藝能之一，於宋之前無①。其因在紙之大量生產②、筆墨趣味之普遍講求，與六朝山水文學之勃興；因而繪畫逐漸脫離實用性，走向形象意味之山水畫。終至使詩、書、畫三絕為中國社會，讚美文人或畫家之最高榮譽。至明清，一幅畫若不題上一首詩，作的畫無論如何傑出，卻不為人所看重，甚至以畫匠之流視之。

最早以詩、書、畫三絕讚美人者為唐玄宗，《歷代名畫記》記載開元二十五年唐代高士鄭虔，生好琴、酒、篇詠，並且工善山水；某日鄭高士向玄宗進獻所吟詠之詩篇及所做書畫；玄宗題曰：鄭虔三絕。③然而，此記所表明之正確意義，乃是指一人身兼能詩、善畫及書三種藝能。異乎後代所言於畫上題詩寫字，一物見三美之現象。北宋人讚美蘇東

---

①見戴麗珠《詩與畫畫贊及李杜詠畫詩》第一章，圖十八：「宋徽宗蠟梅山禽圖，上有五絕題畫詩一首，詩曰：『山禽矜逸態，梅粉弄輕柔。已有丹青約，千秋指白頭。』這是現今傳世最早題在畫上之題畫詩。」

②宋徽宗的蠟梅山禽是畫在絹上，絹上有五絕一首題畫詩，大量用紙畫圖是元四大家以後之事。

③見戴麗珠《詩與畫畫贊及李杜詠畫詩》第一章，頁十二。

坡具備三絕之藝亦如是，東坡見譽之三絕，為畫一樂工、自作樂記、且以隸書書之④；此外東坡稱美文與可擅美詩、楚辭、草書、畫四藝為四絕⑤。皆在說明時至北宋，時人稱三絕僅表明一人身兼數種藝能而言；非如元明以後人，限於詩、書、畫之狹隘意義。

題畫詩淵源於何時已不可確知。戰國時代已有圖詩之說；晉書束晢傳載《竹書紀年》有圖詩一詞，顯示戰國時代已有為畫作詩之風氣⑥；且《楚辭・天問》亦明載詠贊壁上圖畫之文⑦；《竹書紀年》明言圖詩即畫贊，即見圖起興之文學創作。自現存文顯考察，畫贊之起源很早，東漢已有之，皆是人物畫畫像、歌功頌德之辭⑧；現存《曹植集》詮評清・丁晏評有《畫贊序》一文⑨，清楚表明人物畫像贊具有鑑戒、教化之作用。大抵漢魏畫贊多半頌詠功德之人物畫像；由於現存魏晉人文集，皆後人摘拾而出，自是不能完整，畫贊少見⑩；東晉・郭璞有《爾雅圖贊》二卷、《山水經圖贊》二卷⑪，留存至今，內容乃客觀詠讚山水、草木；又北周・庾信有《詠畫屏風詩》廿四首⑫，吟詠屏風上之圖

---

④同前注，頁十一。

⑤同注③，頁十一。

⑥見《晉書》卷五十一，頁廿五。

⑦見《楚辭・天問》。

⑧見戴麗珠《詩與畫畫贊及李杜詠畫詩》第一章，頁十八。

⑨同前注，頁十九。

⑩同注⑧，頁二十。

⑪同注⑧，頁二十，注⑧。

⑫同注⑧，頁二十一，注⑪。

畫，直是流行於當時的詠物詩；如其二曰：「停車小苑外，下諸長橋前。澁菱迎擁楫，平荷直蓋船。殘絲繞折藕，菱葉映低蓮。遙望芙蓉影，只言水底然。」

以文字勾畫出一幅長橋上華車相接，畫舫相屬，殘柳藕出，睡蓮交見，麗人遊湖之初秋美景。以文字技法而言，直融合客觀描寫與主觀抒情為一爐；以標目而言，文題上出現詠、畫、詩三字。此外，梁・江淹亦有《雲山讚》四首，並有序，序中明言所作贊乃是題壁上雜畫之小贊⑬；至於其行文之技巧，酷似作詩，異於曹植畫贊客觀敘事與歌功頌德，有庾信《詠畫屏風詩》主觀抒論之現象。

清・沈德潛《說詩晬語》曰：「唐以前未見題畫詩，開此體者為老杜。」⑭顯然有偏差。原來晉唐時，士子們普遍以能詩、善畫相高，能詩是文人必備之才具，工善書畫則與妙擅琴、棋相類，同是文人雅士之高雅藝能⑮。唐代是中國古典詩（近體詩）大盛大熟時代，其時代之詩人作詩不只講究聲調音韻美（平仄），且講求遣辭用字之藝術性；促使詩與畫兩種各異之藝術，發生互相融通原因；本來一篇動人詩篇或一幅撼人圖畫，必定涵有吸引人觀賞之詩情畫意，只不如唐代之顯明與蔚然成風。這可舉王維為例。蘇東坡說「王維詩中有畫，畫中有詩」⑯；《王維詩集》，一如〈瓜園

⑬見戴麗珠《詩與畫畫贊及李杜詠畫詩》，頁二十一～二十三。
⑭同前注，頁十六，注①。
⑮同注⑬，頁一〇，注④。
⑯見《東坡題跋》卷五（世界書局景汲古開本），頁十九四。

詩〉⑰：「黃鸝轉深木，朱槿照空園。」與〈青溪〉⑱詩：「言入黃花川，每逐青溪水。……聲喧亂石中，色靜深松裡。……」等色澤穠麗之詩句。亦有〈漢江臨汎〉⑲：「江流天地外，山色有無中。」與〈鹿柴〉⑳：「空山不見人，但聞人語響。返景入深林，復照青苔上。」等渾然澄瓊、忘色忘味之詩。

無論色彩豐麗或清澄，王維詩予人以涵養自然美景與清新為一之形象空間，其詩有詩意且有畫境。至於其畫，至今尚無真跡可以查考。然而由其詩作與東坡語比觀，亦可以了然其畫，必蘊涵其人格與藝術修養。亦指唐代王維時，詩與畫借文人之媒介，已產生具有同一藝術性傾向之創作風尚。此時，詩與畫皆是創作者即物達情之表現領域。因而，詩人欣賞繪畫之餘，亦借畫而起興，發而為詩，形成詩家別體一題畫詩。

現存唐人詩集，自張九齡之題畫詩首見初跡（指文人詩篇而言，故不言唐明皇梅妃畫真。）㉑，其後李白、杜甫、韓愈、柳宗元、白居易，元稹等人，亦皆有詠讚繪畫之詩篇或文章傳世㉒，其中以李杜二人為最早、最多。據《李太白

---

⑰同注⑬，頁四五。

⑱見《唐詩鑑賞》（上）（五南出版社），頁一六六。

⑲見王福耀選注《王維詩選》（遠流出版社），頁七十。

⑳見《唐詩鑑賞》（上）（五南出版社），頁二一二。

㉑見戴麗珠《唐代文人題畫詩輯》（《靜宜人文學報》，八十一年六月），頁四。

㉒見戴麗珠《詩與畫畫贊及李杜詠畫詩》，頁十六，注②。

文集》（學生書局影宋本）、及《杜詩錢注》（清・錢謙益注世界書局排印本），比觀二人題畫詩，李白有詠畫詩六首，畫贊十二首。杜甫有題畫詩十七首，畫贊僅有一首㉓。杜之題畫詩多於李，而畫贊少於李，可見借畫起興之詩作，已由客觀讚頌演進成主觀抒論之事實。況且李白六首題畫詩，獨〈初出金門尋王侍御不遇詠壁上鸚䳇〉一首出現「詠」字；而杜甫則有三首標目直書一「題」字，即〈題壁上韋偃畫馬歌〉、〈戲圖畫山水圖歌〉與〈題李尊師松樹障子歌〉，有一首標目出現「詠」字，即〈嚴公宴同詠蜀道畫圖〉。然則，詩人文士觀畫興感，發而成詩，在李白詩集已有之，未若杜甫之多且直題畫圖歌而已㉔。

題畫詩最早形成完美風神，即李杜。然則李杜題畫詩是否一如後代直書畫上，此點雖無真跡足以直接證明，然而，由現存五代與兩宋之畫圖觀之，無論山水、花鳥、人物，畫面上皆不見所謂題書之落款；畫上題書與落款乃是元明以後之事；然則，成於盛唐、盛於兩宋之題畫文學，亦只是文人歌詠繪畫之遣興詩；非如後世直書於畫上。此由李、杜題畫詩之詠讚內容之鋪述技巧，清晰明白可知。

㉓李杜題畫詩或畫贊數，本文皆依拙作《詩與畫》而言，近人周瑾《杜甫題畫詩的法與意》，以為杜甫題畫詩有二十首，畫贊一首；《杜甫題畫詩的審美標準》亦以為杜甫題畫詩近二十篇。本文依據拙作《唐代文人題畫詩輯》以為李白題題畫詩有八首，杜甫題畫詩有十四首。提出供讀者參考。

㉔見戴麗珠《詩與畫畫贊及李杜詠畫詩》，頁十七～十八。

後世題畫詩，成為文人畫㉕不可或缺圖騰，題畫之位置與留白，都異常講究。因而，所題乃工筆畫，必是一筆工整端秀字；所題若是寫意畫，字亦必龍飛鳳舞；所謂書畫一致，方得上乘。至於題畫詩之內容，則隨著時間之久遠而逐漸不加重視；以致有陳陳相因，式出一轍之弊病。反觀李杜題畫詩，皆是其人性情、學識與藝術修養之自然表露；所異乎其他詩作者，其題畫詩乃是指觀畫所引起之感興作品而言。如：李白《詠壁上鸚鵡》㉖，全不見描繪壁畫上鸚鵡，僅表現詩人借畫以起興之自我情懷。又如：杜甫《丹青引》㉗、《韋諷錄事宅觀曹將軍畫馬圖》㉘皆是一如《說詩晬語》所言，「法全不黏畫上發論」，只在借畫上物象引出議論。李、杜題畫詩正如其人之他類詩作，乃是作者見物起興，據圖諷詠、有血有肉之作品；非如後世直書於畫上之題畫詩，毫不見詩人情愫，而僅存裝飾性意味之圖騰。題畫詩在唐代乃是即物達情，充滿創作者情愫與活潑生命力之表現文體。在唐代，據《全唐詩》蒐錄，作者有六十三人，題畫詩一百四十二首㉙，於此，詩與畫顯示追求同一藝術性之傾

㉕同前注，頁六一，注⑱。

㉖見戴麗珠《詩與畫畫贊及李杜詠畫詩》，詩曰：「落羽辭金殿，孤鳴託繡衣，能言終見棄，還向隴山飛。」（頁二四）。

㉗見戴麗珠《唐代文人題畫詩輯》（《靜宜人文學報》，八十一年六月），頁一〇三，〇二九。

㉘同前注，頁一〇三，〇二八。

㉙同注㉗，頁九八～一二〇，按：近人楊學是唐詩研究，標題為空廊屋漏玉僧盡，樑上猶書天寶年一文，據康熙四十六年（一七〇七年）編修完成的《御定歷代題畫詩》據《全唐詩》輯出八十六位詩人，一六六首題

向。由李杜題畫詩，更可見其中奧妙與面目；當然，因李杜題畫詩，演變成迥異於李杜題畫詩之元明清人，直書於畫上之詩句；期間演變過程，此處不欲贅述；至於兩宋題畫詩，亦不在本文討論範圍；本文僅在解析李杜題畫詩之原始面目與精神；以令人了解題畫文學——詩部分，原始鮮活生命力。此亦李杜題畫詩迥異於元明清題畫詩之特色、價值，故本論文將李白與杜甫題畫詩意涵悉述於後，以令人了解題畫詩原始精神及價值意涵；此即值得探討與重視之標的。

貳、李白題畫詩的意涵

李白題畫詩共有八首，即〈同族弟金城尉叔卿燭照山水壁畫歌〉、〈當塗趙炎少府粉圖山水歌〉、〈初出金門尋王侍御不遇詠壁上鸚鵡〉、〈觀博平王志安少府山水粉圖〉、〈觀元丹丘坐巫山屏風〉、〈求崔山人百丈崖瀑布圖〉、〈瑩禪師房觀山海圖〉、〈巫山枕障〉㉚；由此八首詩內容來分析，有五首吟詠山水，二首吟詠山水人物㉛，一首吟詠鸚鵡（即詠物）。

畫詩，楊先生又以為全唐詩題畫詩數量不止於此，復輯出詩人三十八位，題畫詩一二九首，認為唐代題畫詩詩人共一二一位，題畫詩二九二首雖與本文有異，但亦可供讀者參考。

㉚見戴麗珠《唐代文人題畫詩輯》（靜宜人文學報，八十一年六月），頁九九～一〇〇。

㉛即〈觀博平王志安少府山水粉圖〉與〈觀元丹丘坐巫山屏風〉。

就內容所吟詠之圖畫表現技法而言，有七言歌行二首㉜，五七言歌行一首㉝，七言歌行夾三言短句一首㉞，五言古詩二首㉟，七言絕句一首㊱，五言絕句一首㊲；八首詩有六種不同表現手法，李白天份與才氣縱橫，不言而喻。

此八首題畫詩所表現之意涵與精神為何？今依七點論述：

㈠清趣之意涵㊳：

此乃李白題畫詩所表現之重要意涵之一，李白〈同族弟金城尉叔卿燭照山水壁畫歌〉詩有：「高堂粉壁圖蓬瀛，燭前一見滄洲清。」以一「清」字，寫山水圖清人心；又曰：「了然不覺清心魂」，亦是以一「清」字，表現觀畫之詩人，被繪畫所牽動，引發「心魂」俱「清」之美感。

另有〈瑩禪師房觀山海圖〉：「丹崖森在目，清晝一卷

㉜即〈同族弟金城尉叔卿燭照山水壁畫歌〉與〈當塗趙炎少府粉圖山水歌〉。

㉝即〈觀博平王志安少府山水粉圖〉。

㉞即〈觀元丹丘坐巫山屏風〉。

㉟即〈求崔山人百丈崖瀑布圖〉與〈瑩禪師房觀山海圖〉。

㊱即〈巫山枕障〉。

㊲即〈初出金門尋王侍御不遇詠壁上鸚鵡〉。

㊳清趣之審美觀即蘇東坡論詩畫合一，其言：「詩畫本一律，天工與清新。」之清新之意。李白題畫詩有：「了然不覺清心魂」，用「清」來形容繪畫予人美感；此觀念始於莊子《論語》而至西漢「清水出芙蓉」之美感，演變至魏晉六朝之清談、清雅，唐李白杜甫題畫詩而有清趣之審美觀。影響兩宋詩畫求清、尚清之風氣。下文再討論。

幔。」用一「清」字形容清晨，表現山海圖景之微曦。在清趣審美觀此一論題下，李白此詩以「清」字，表現晨起微曦之清新。

近人嚴俊《李白題畫詩作的審美意趣》一文，提到李白題畫詩，表現出清趣的審美觀」乃李白獨特創作個性與審美意趣㊴。其曰：「題畫詩，需要藉助詩歌文字生動傳神地再現繪畫形象的風情意態，又需要調動作者與讀者的大膽藝術想像力與幻想力，去領悟繪畫的念音與意蘊。李白深諳畫中三昧……，這樣的寫法，是李白以前的題畫詩所沒有的。」又說：「在這些詠畫詩作中，李白抒發了他對自然山水清真淡雅之境的向性。」㊵，印證筆者提出「清趣之意涵」乃李白題畫詩，表現之重要審美意涵與精神。

㈡畫可以娛人之意涵：

此乃李白題畫詩，另一重要意涵。即李白率先提出繪畫可以令人心領神悅。〈同族弟金城尉叔卿燭照山水壁畫歌〉有：「與君對此歡未歇，放歌行吟達明發。」，表現作者與族弟觀畫所感受之愉悅情懷，並喜悅之情永不停止，更令人鼓舞「放歌行吟」從觀畫時起至天明。㊶又〈瑩禪師房觀山海圖〉有：「崢嶸若可陟，想像徒盈歎。」，寫詩人觀畫，

㊴見嚴俊《李白題畫詩作的審美意趣》，〔二、清真自然、氣奔勢逸〕一節（頁五五）。

㊵同注㊳。

㊶因標目是「燭照山水壁畫歌」，可知觀畫之時間在晚上。

藉想像，點出圖畫引人思：又有：「即事能娛人。徒茲得蕭散。」明晰點出「畫可以娛人之審美觀」，寫觀畫不只悅目賞心，且令人有放情自然山水之暢然。又有「遂諧靜者玩」，表現畫可以娛人之審美觀，由一「玩」字可知。〈當塗趙炎少府粉圖山水歌〉：「心搖目斷興難盡。」，表現觀畫令人歡欣不已之情懷。

繪畫乃是藝術之一，藝術表現自然，表現物象，表現美，令欣賞者，歡心鼓舞，喜悅不已；此種「畫可以娛人之審美觀」，於唐・李白題畫詩中，已提出，且不只一處，並是再三表達，可見李白對此一審美觀之肯定與欣賞。此外，近人賀子榮《論唐代山水題畫詩的時空藝術》一文有：「山光水色，蕩漾奪目，此豈不快人意。」（頁九十八）亦表現繪畫可以娛人之審美觀。

㈢借畫抒情之意涵：

此亦李白題畫詩重要意涵之一，〈初出金門尋王侍御不遇詠壁上鸚鵡〉，詩曰：「落羽辭金殿，孤鳴託繡衣，能言終見棄，還向隴山飛。」全首詩無一句具體描寫壁上鸚鵡，僅借圖比興，抒發作者因觀壁上鸚鵡而興發心中情感；及藉畫抒情之審美觀。

此外，〈同族弟金城尉叔卿燭照山水壁畫歌〉：「只將疊嶂鳴秋猿」於巍峨重疊之山水畫，聽秋天陣陣猿猴低鳴，不禁令人想起李白〈早發白帝城〉㊷「兩岸猿聲啼不住」之

㊷見《唐詩鑑賞》（上）（五南出版社），頁四〇五。

動人情感；詩人因觀畫而「情動」，寫下此一題畫詩句，表現借畫抒情之審美觀。

又〈當塗趙炎少府粉圖山水歌〉：「三江七澤情洄沿」、「心搖目斷興難盡」，江澤無情，乃詩人有情，擬人化無生命物為有生命物，「三江七澤」因而有「洄沿」之情，此即借畫抒情之審美觀。「心搖目斷」即情動，表現詩人觀畫之激情；借畫抒情之審美觀再次顯現。

再有〈觀元丹丘坐巫山屏風〉：「寒松蕭瑟如有聲，陽臺微芒如有情」，有聲有情；又：「溪花笑日何年發，江客聽猿幾歲聞。」此皆詩人觀畫所興起之情愫；借畫抒情之審美觀在此展露無遺。

近年賀文榮《論唐代山水題畫詩的時空藝術》一文，有言：「人和大自然是生活在一起的」，又：「中國詩人與自然相依偎，相親呢。」㊸，在此文第三節，有「迷茫的心態和隱逸的詩旨——繪畫審美時空的心理效應」，也點出「借畫抒情之審美觀」㊹，他說：「審美時空的本質是一種心理時空，在唐代山水題畫詩中㊺，詩人將山水畫引發的心理效應寫了出來。」㊻又曰：「……猿聲鳥啼，依約在耳，山光

㊸賀文榮《論唐代山水題畫詩的時空藝術》（《中南大學學報》，第十二卷，頁九六）。

㊹同前註，頁九七。

㊺雖然沒有明言李白。

㊻賀文榮《論唐代山水題畫詩的時空藝術》（《中南大學學報》，第十二卷，頁九六）。

水色，蕩漾奪目，此豈不快人意，實獲我心哉！」㊼將借畫抒情之審美觀表露無遺。

㈣詩與畫和合為一之意涵：

此乃李白題畫詩意涵之一重要觀點，詩畫相融通之審美觀㊽，於李白題畫詩，首見〈同族弟金城尉叔卿燭照山水壁畫歌〉：「了然不覺清心魂，只將疊嶂鳴秋猿。」表現詩人與畫瀰合之情境。

又〈當塗趙炎少府粉圖山水歌〉：「訟庭無事羅象賓，杳然如在丹青裡。」人與畫和合為一，借李白題畫詩表達，此一詩畫和合為一之審美觀。

又〈初出金門尋王侍御不遇詠壁上鸚鵡〉，整首詩借畫興感，詩人即畫中物象「鸚鵡」，描寫「鸚鵡」，實則表達詩人觀畫之心情，詩畫冥然相通，和合為一。

又〈觀元丹丘坐巫山屏風〉：「使人對此心緬邈，疑人嵩丘夢彩雲。」詩人之心靈融入畫中，情景交融、物我合一，詩畫相融通，借李白詩筆表現，此亦「詩與畫和合為一之審美觀」之一重要例證。

㊼同注㊹，頁九八。

㊽詩畫相融通之審美觀起源甚早，如：《戰國圖詩》、《魏晉六朝畫論》；至唐・王維，以一介文人將詩與畫表現於一身，故蘇東坡言：「詩中有畫，畫中有詩」；也因而提出「詩畫本一律，天工與清新。」詩畫合一之論見，請參考拙作《蘇東坡與詩畫合一之研究》及《詩與畫》二書，論譬甚詳，在此不多贅述；然而，在蘇東坡以前，唐・李白題畫詩，對此論點，已現端倪，詳下文所敘。

又〈瑩禪師房觀山海圖〉：「杳與真心冥，遂諧靜者玩。」，畫境與詩心冥合，達到物我兩忘之境界；詩畫相融通，「詩與畫和合為一之審美觀」，清晰自然表現於李白題畫詩中。

此一論點，近人賀文榮《論唐代山水題畫詩的時空藝術》一文，有所討論；比如曰㊾：

唐代題畫詩的時空生成，則是對中國劃時空的二度審美化。……其三是將中國山水畫中廣遠時空的心理象徵內涵做出了詩化闡釋，並以隱逸的主旨，使兩者實現精神上的融通。㊿在唐代題畫詩中，時間和空間總是結合在一起的；這種結合既體現了詩與畫的結合，也體現了詩歌時空自由性的特點(51)。

又賀文榮在摘要中提出：「唐代山水題畫詩中的空間，則具有廣遠性和包容性的審美特點。廣遠性的特點，顯示出中國詩與畫在空間意識上的相通；包容性則不但體現了詩人對繪畫空間的二度審美，而且折射出詩人主體對外在空間，駕馭、掌握乃至與其融合的理想(52)。」，把詩畫相融通之

㊾賀文榮《論唐代山水題畫詩的時空藝術》（《中南大學學報》，第十二卷），頁九三。

㊿此一以「隱逸為主旨」之看法，乃賀文榮之創見，筆者並不苟同。但書之，以為讀者參考。

(51)以上論點，筆者皆贊同。

(52)賀文榮《論唐代山水題畫詩的時空藝術》（《中南大學學報》，第十二卷），頁九三。

「詩歌審美時空」賦予了「生命意識內涵。」㊸

賀文榮又曰（頁九六）：「唐代山水題畫詩審美空間的另一個特點是空間的包容性。詩人常常讓狹小的現實空間包容廣大的藝術空間，如……李白〈瑩禪師房觀山海圖〉：『蓬壺來軒窗，瀛海入几案。』」又：提出李白的詩——〈過崔八丈水亭〉：「簷飛宛溪水，窗落敬亭雲。」又提出：「『人與大自然是生活在一起的』以上詩句正描寫出中國詩人與大自然相依偎，相親昵。」㊹表現詩與畫和合為一之審美觀。

此主題，討論之人較多，近人嚴俊《李白題畫詩作的審美意趣》一文㊺，提出：「詩畫交融，物我相忘」，表達此一李白題畫詩之意涵特色。其文摘要（頁五三）曰：「李白的題畫詩，將詩境與畫境巧妙地融會貫通，達到一種主審相忘的境界。」明白點出詩與畫和合為一之審美觀。

「詩畫交融、物我相忘」一節（頁五三）又曰：「李白題畫詩的顯著特點是以馭山走海式的大筆，揮灑渲染，奇妙而大膽的意涵組合，將詩境與畫境巧妙地融會貫通，達到一

㊸以上論點，筆者皆贊同。

㊹以上論點是賀文榮之創見，筆者不敢掠美，提出供讀者參考；然對中國人與大自然相親合之特色，筆者補充說明，早在先秦莊子就已提倡：「天地與我並生，萬物與我合一。」之理想，至六朝劉勰《文心雕龍》亦提出：「天、地、人三才。」之見解，人與自然親各，且冥然為一是中國道家文化，老莊思想之重要特性。

㊺見《樂山師範學院報》第十九卷第三期，頁五三。

種主客相生的境界。」56此一觀點與筆者一致。書之以為筆者論點之佐證。

㈤畫可以美化性靈之意涵：

此乃李白題畫詩意涵重要課題之一，李白〈同族弟金城尉叔卿燭照山水壁畫歌〉：「高堂粉壁圖蓬瀛，燭前一見滄洲清。」一則表現清趣之美感，另一則顯現繪畫可以陶冶人性，美化性靈之觀點。

又〈瑩禪師房觀山海圖〉有：「杳與真心冥，遂諧靜者玩。……即事能娛人，從茲得消散。」一則顯示詩畫合而為一，互相融通；繪畫可以娛人。另一則表現繪畫可以令觀者再三玩味，觀畫可以得到灑脫閒遠之意趣，亦即「畫可以美化性靈」。

又〈當塗趙炎少府粉圖山水歌〉：「長松之下列羽客，對坐不語南昌仙。」詠趙炎少府於畫圖中與友人默默不語，恍如神仙；顯示繪畫可以美化性靈之審美觀。倘若性靈不美，何得以成仙？

又〈觀博平王志安少府山水粉圖〉有：「博平真人王志安，沉吟至此願掛冠。」「沉吟」表示觀畫者之心理狀態，觀畫且吟詠不已，並欲歸隱避世，掛冠而歸鄉；借畫興感，表現繪畫可以美化心靈之審美觀。

又〈觀元丹丘坐巫山屏風〉有：「使人對此心緬邈，疑入嵩丘夢彩雲。」一則表現詩畫合一之審美觀，另一則顯示

56同注54。

「心緬邈」恍如在夢中見高山疊嶂「綵雲」紛圍，繪畫令人感受美感，繪畫可以美化心靈之審美觀顯而易見。

近人楊學是《李白題畫詩管窺》曰：「當他屬意於繪畫作品時，亦對山水畫情有獨鍾。因為他和畫家都是大自然生命激情的感受者，是大自然生命旋律的傾聽者，也是大自然靈魂的對話者和表達者，他們都在為江河傳情，為山岳互傳。因而，當李白面對一幅融注了畫家生命激情的山水畫時，他實際上是在和畫家、和大自然進行一場心靈的對話，一次精神上的合作。他的心弦更容易被撥動，他的情感更容易被激發。黃庭堅稱李白為『人中鳳凰』，畫家的紙上煙霞，豈不是他的竹實與醴泉麼？」㊼將繪畫（山水畫）能美化性靈之審美觀，淋漓盡致，表露無遺。

又「自然之美給予詩人和畫家的感受卻是別無二致的，詩人和畫家將自然美轉換、昇華為藝術美的審美過程也是大致相同的。」㊽表示詩人觀畫起興，畫家繪畫皆須達到情景交融，心物契合之境界，故李白題畫詩，表現「繪畫可以美化性靈之審美觀」。

又賀文榮《論唐代山水題畫詩的時空藝術》一文有：「畫面時空特徵是中國山水畫的淺層審美特點，其深層審美特點是象徵時空。……是善於製造深遠的意境。……這種深遠的審美時空實質體現了中國人心裡時空上的追求。深遠山

㊼見《綿陽師範高等學校學報》第二十一卷第四期（二〇〇二年八月），頁二〇。

㊽同前注，頁二一。

水時空之境，能誘發『邈遠』的心理時空境界，這一點在唐代山水題畫詩中體現出來……李白：〈當塗趙炎少府粉圖山水歌〉：『洞庭瀟湘意渺綿，三江七澤情洄沿。』……中國山水詩、山水畫所表現深遠意境，體現中國詩人、畫家對『形超神超』心靈狀態之嚮往。說出繪畫可以美化性靈之審美觀。」⑸

又曰：「山水之境可以讓人從喧囂塵世中超脫出來，靜以致遠，澄懷觀道，實現精神的自由和逍遙。因此詩人的心靈徘徊於山水畫深遠的時空之境，自然會產生隱逸之心。……李白〈同族弟金城尉叔卿燭照山水壁畫歌〉：『卻顧海客揚雲帆，便欲因之向溟渤。』……詩人在題畫詩中所表露的歸隱只是『虛詠』的歸隱。但是這種『虛詠』的歸隱，解決了經常煩擾他們的出處士隱的矛盾。……中國文人竟在山水畫詩的時空審美功能中，找到了心靈的棲息地。而中國文人的『修齊治平』的偉大抱負，就這樣功德圓滿於自己的『胸中丘壑』」⑹之中。賀文榮其文，雖非專究李白題畫詩而作，但其文，證明李白題畫詩之意涵中之一重要審美觀——「畫可以美化性靈」，於賀文，解析清楚動人，無論「迷茫」或「歸隱」之藝術時空，都皆詩人性靈美化之表現。

⑸賀文榮《論唐代山水題畫詩的時空藝術》（《中南大學學報》第十二卷），頁九七。

⑹賀文榮《論唐代山水題畫詩的時空藝術》（《中南大學學報》第十二卷），頁九七～九八。

㈥描寫畫境與寄託之審美觀：

此乃李白題畫詩意涵之另一重點，李白題畫詩表現描寫畫境與寄託之審美觀，先論描寫畫境，〈同族弟金城尉叔卿燭照山水壁畫歌〉：「洪波洶湧山崢嶸，皎若丹丘隔海望赤城。光中乍喜嵐氣滅，未逢山陰晴後雪。迴溪碧流寂無喧，又如秦人月下窺花源。」用字典麗、動靜相參；此六句即李白描山水壁畫之圖景，此一境界，真是美侖美奐，令人呼之欲出。

又〈當塗趙炎少府粉圖山水歌〉：「峨嵋高出西極天，羅浮直與南溟連。名公繹思揮綵筆，驅山走海置眼前。滿堂空翠如可掃，赤城霞氣蒼梧煙。」開筆直寫畫家「揮彩筆」將山海圖景如置目前，蓬蓽因而生輝，空翠可掃，霞氣煙嵐滿室。詩人描寫畫境，直如神來之筆。接著寫海上圖景，「征帆不動亦不旋，飄如隨風落天邊。」又描寫山景和水景，「西峰崢嶸噴流泉，橫石蹙水波潺湲。」接著再描寫山崖林樹，「東崖合沓蔽輕霧。深林雜樹空芊綿。」寫來字字如繪，一幅煙雲飄邈、山高水秀、林木蓊翳之山海圖，生動地展現讀者眼前，詩人妙筆，直如畫家妙手。

又〈觀博平王志安少府山水粉圖〉：「粉壁為空天，丹青狀江海。」直寫畫家畫山水畫，以開筆兩句描寫畫境。

又〈觀元丹丘坐巫山屏風〉：「昔遊三峽見巫山，見畫巫山宛相似，疑似天邊十二峰，飛入君家彩屏裡。」以上詩人虛寫畫境，底下實寫畫境，「寒松蕭瑟如有聲，陽臺微芒如有情。錦衾瑤席何寂寂，楚王神女徒盈盈，高唐咫尺如千里，翠屏丹崖燦如綺。蒼蒼遠樹圍荊門，歷歷行舟泛巴水。水石潺湲萬壑分，煙光草色俱氛氳。」用何等有聲有色、有情有畫之意境與文字表現畫境畫景。李白題畫詩描寫畫境，還有〈求崔山人百丈崖瀑布圖〉：「百丈素崖裂，四山丹壁開。龍潭中噴射，晝夜生風雷。但見瀑泉落，如潀雲漢來。」寫瀑布之景，石破天驚，恍如置身尼加拉瀑布或九寨溝，寫景之逼真，動人心弦，描寫力何等雄魄。

又〈瑩禪師房觀山海圖〉：「列嶂圖雲山，攢峰入霄漢。丹崖森在目，清晝疑卷幔。蓬壺來軒窗，瀛海入几案。煙濤爭噴薄，島嶼相凌亂。征帆飄空中，瀑水灑天半。」寫禪師畫雲山圖、山海圖景、「煙濤」、「島嶼」、「征帆」、「瀑布」歷歷在目，生動異常。

又〈巫山枕帳〉：「巫山枕帳畫高丘，白帝城邊樹色秋。朝雲夜入無行處，巴山棋天更不流。」全首詩純寫景。李白題畫詩描寫畫境之審美觀，以諸詩例，清晰可知。於談題畫詩涵孕詩人寄託情懷、抱負、理想之審美觀。

於論述李白題畫詩之前，筆者想引用賀文榮《論唐代山水題畫詩的時空藝術》文中之一段，表現繪畫乃詩人或畫家胸懷之寄託。其曰：「中國畫的時間內涵遠遠超出畫面時間凝固性的意義。……中國畫的時間觀念中本身就有超越客觀時間而具有生命意義的內涵。……在題畫詩中，詩人與畫家在時間觀念上是默契的。郭熙在……《林泉高致》中說：『春山淡冶而如笑，夏山蒼翠而如滴，秋山明鏡而如妝，冬山慘淡而如睡。』畫家從自然山水景物的節序變化中，觀照到的是生命的張弛。王維的《袁安臥雪圖》中有雪中芭蕉，這種突破時空客觀性的作法，表現的不是物理時空，而是心理時空。釋惠洪說：『……如王維作畫雪中芭蕉，詩法眼觀之，知其神情寄于物，……。他是以畫為詩，用畫來抒情寫意，……是繪畫的文學化、詩化，是詩與畫在精神上互相託付與酬唱。』」㊶借王維畫雪中芭蕉，表現畫家心靈寄託，以此推之，李白題畫詩借觀畫而表現詩人因畫而起興的心靈寄託。如：〈初出金門尋王侍御不遇詠壁上鸚鵡〉㊷，是借畫抒情，也是詩人借鸚鵡以寄託自己因不受知遇而尋求自由在的心靈寄託。

又嚴俊《李白題畫詩作的審美意趣》㊸摘要曰：「他深諳畫中三昧，將繪畫技巧與抒情言志結合起來。這些詩作表現了詩人追求自由，張揚個性的狂放性質，也體現了一種清真自然，氣奔勢逸的審美意趣。」雖沒直接說出李白題畫詩乃心靈寄託之表現，然而其之李白題畫詩是抒情與言志，此一言志即心靈寄託表現。㊹

又曰：「若待功成拂衣去，武陵桃花笑殺人。」㊺而認為李白此詩，寓意深遠。……又說：「征帆飄空中，瀑布灑

㊶賀文榮《論唐代山水題畫詩的時空藝術》（《中南大學學報》，第十二卷），頁九五。

㊷詩見本章〔㈢借畫抒情之意涵〕一文（頁二一五），〈借畫抒情之審美觀〉。

㊸同注㊴。

㊹同注㊴。

㊺見李白題畫詩〈當塗趙炎少府粉圖山水歌〉。

天半。」⑥⑥與「卻顧海客揚雲帆」⑥⑦、「征帆不動亦不旋，飄如隨風落天邊。」⑥⑧等，則更富有包孕意義層面。⑥⑨表現李白題畫詩具有寄託個人心靈、性情、抱負之審美觀。

李白題畫詩具有詩人觀畫起興引起之寄託情懷，又〈瑩禪師房觀山海圖〉云：「即事能娛人，從茲得蕭散。」寫觀畫賞心悅目，且令人放情自然山水之暢然。隱逸自然寄託情懷亦不言而喻。又〈同族弟金城尉叔卿燭照山水壁畫歌〉有：「迴溪碧流寂無喧，又如秦人月下窺花源。」亦是詩人追求寂靜安寧，避世隱逸心靈寄託之表現。

由以上所論，可見李白題畫詩之意涵，具有「描寫畫境與寄託之審美觀」。

㈦表現作者借畫議論之意涵：

此一精神與杜甫題畫詩雷同，杜甫題畫詩之意涵⑦⓪最具特色之處即表現詩人對繪畫與畫家之見解及議論，此精神意涵，李白題畫詩已顯現。

如：「了然不覺清心魂。只將疊嶂鳴秋猿。與君對此歡未歇。放歌行吟達明發。卻顧海客揚雲帆。便欲因之向溟渤。」寫詩人觀畫，引動畫清人心、娛人、令人自生隱遯之想，此即議論之意涵。表現作者借畫議論之審美觀。

---

⑥⑥見李白題畫詩〈瑩禪詩觀山海圖〉。

⑥⑦見李白題畫詩〈同族弟金城尉叔卿燭照山水壁畫歌〉。

⑥⑧見李白題畫詩〈當塗趙炎少府粉圖山水歌〉。

⑥⑨同注⑤④，頁五五。

⑦⓪見後文。

〈當塗趙炎少府粉圖山水歌〉：「長松之下列羽客，對坐不語南昌仙，南昌仙人趙夫子，妙年歷落青雲士……五色粉圖安足珍，真仙可以全吾身。若待功成拂衣去，武陵桃花笑殺人。」，亦是借畫議論。

〈初出金門尋王侍御不遇詠壁上鸚鵡〉：「能言終見棄，還向隴西飛。」亦是詩人借畫議論之例證。

〈觀博平王志安少府山水粉圖〉：「博平真人王志安，沉吟至此願掛冠。松溪石磴帶秋色，愁客思歸坐曉寒。」寫愁客思歸，引動王志安願掛冠求去。亦是借畫議論之例證。

又〈觀元丹丘坐巫山屏風〉有：「溪花笑日何年發，江客聽猿幾歲聞。使人對此心緬邈，疑入嵩丘夢綵雲。」亦是借畫議論。

〈求崔山人百丈崖瀑布圖〉：「聞君寫真圖，島嶼備縈迴。石黛刷幽草，曾青澤古苔，幽緘倘相傳，何必向天台。」亦是典型借畫議論之例證。

〈瑩禪師房觀山海圖〉：「即事能娛人，從茲得蕭散。」即於結語借畫議論作結。

以上所論表現李白題畫詩之意涵——表現作者借畫議論之審美觀。

參、杜甫題畫詩之意涵

杜甫借畫起興之表現技法，與李白相同。然詩中品評繪畫之見解與論述，較李白更強烈。沈德潛《說時晬語》，言「其法全不粘畫上發論，如題畫馬畫鷹，必說到真馬真鷹，復從真馬真鷹，開出議論。」之意㉑。今亦以七點論述杜甫題畫詩之意涵與精神。

㈠借畫論畫，表現作者之繪畫見解：

〈奉先劉少府新畫山水障歌〉：「聞君掃欲赤縣圖，乘興遣畫滄洲趣。……得非玄圃裂？無乃瀟湘翻。……不見湘北鼓琴時，至今玟竹臨江活。……無獨胡為在泥澤，青鞋布襪從此始。」㉒說明詩人以畫家畫畫表現其自然興致，且繪畫很有趣。並描述繪畫畫境，而所畫栩栩如生。詩人觀畫興感，希望從此為一介自由自在布衣。詩人借畫論畫，不僅表現作者之繪畫見解，其議論涵蓋面深廣，後文將慢慢論述。今僅依其對繪畫見解而論。如：

〈畫鶻形〉：「……寫此神駿安，充君眼中物。」㉓繪畫在表現鶻鳥之神。

〈題壁畫馬歌〉：「戲拈禿筆掃驊騮，欻見騏驎出東壁。」㉔，表現詩人以繪畫為遊戲之筆。

〈戲題畫山水圖歌〉：「尤工遠勢古莫比，咫尺應需論萬里。」㉕，此乃杜甫論畫表現作者之繪畫見解之重要題畫詩，其曰：「畫家畫畫要工於表現時間上曠遠難盡之氣勢，

㉑見戴麗珠《詩與畫畫贊及李杜詠畫詩》，頁二六。

㉒《唐代文人題畫詩輯》（《靜宜人文學報》，八十一年六月），頁一〇一，〇一九。

㉓同前注，〇二十。

㉔同注㉒，〇二一。

㉕同注㉒，頁一〇一，〇二二。

空間尺幅之中表現萬里空闊無邊之畫面，能如此，畫家方能超越古人。」

〈觀薛稷少保書畫壁〉：「畫藏青蓬界，輸入全榜懸，仰看垂露姿，不崩亦不騫。鬱鬱三大字，蛟龍岌相纏。又擇西方變，發地扶屋椽。慘淡壁飛動，到今色未填。」⑯表現杜甫對書畫藝術之見解，書法即「仰看垂露姿，不崩亦不騫。鬱鬱三大字，蛟龍岌相纏。」畫則是佛教畫像「西方變」，拔地而起，「慘澹」之白描畫使牆壁「飛動」，至作者觀畫，畫尚未填色。

〈通泉縣署屋壁後薛少保畫鶴〉：「畫色久欲盡，蒼然尤出塵。仰昂各有態，磊落如長人。」⑰表現作者觀薛畫鶴出類拔萃，各有姿態變化之繪畫見解。

〈韋諷錄事宅觀曹將軍畫馬圖〉：「此皆騎戰一敵萬，縞素漠漠開風沙。……可憐（愛之意）九馬爭神駿，顧視清高氣深穩。」⑱表現作者對畫家畫馬，所表現之繪畫物象，要求具有神韻，如：所畫九馬可愛「神駿」，「清高深穩」，用一「情」字，與「高」配，李白題畫詩所表現之清趣審美觀意涵，杜甫在此，也給予發露。以上見出杜甫題畫詩，借畫論畫，表現作者之繪畫見解。

〈丹青引贈曹將軍霸〉：「意匠慘淡經營中」⑲，說明

---

⑯《唐代文人題畫詩輯》（《靜宜人文學報》，八十一年六月），頁一〇一，〇二六。

⑰同前注，〇二七。

⑱同注⑯，頁一〇一，〇二八。

⑲《唐代文人題畫詩輯》（《靜宜人文學報》，八十一年六月），頁一〇一，〇二九。

詩人論畫以為用心於心坎之經心營謀，並以澹泊之態度表現；此一繪畫見解即是後代書家論書，所言入帖出帖，入帖要用心，出帖要超脫，如此方能把握繪畫或書法之真精神，真神韻。周瑾〈杜甫題畫詩的法與意〉一文曰：「杜甫深知構思佈局的甘苦，他稱讚曹霸藝術構思巧妙的名句「意匠慘淡經營中」，不啻夫子自道。亦為此一論點做佐證。又曰：「杜甫的許多題畫詩，都深得畫法之妙……。」⑳更為此節作了證明。

㈡表現作者借畫議論之見解：

杜甫題畫詩之意涵，重點之二即表現作者借畫論畫，顯示個人主觀議論之活潑創造力。即標目所言：「表現作者借畫議論之見解。」，如〈奉先劉少府新畫山水障歌〉：「元氣淋漓障猶濕，真宰上訴天應泣。」㉑表現杜甫借畫議論其於山水水墨畫之見解，杜甫以山水水墨畫思欲氣足神完、水墨淋漓，令屏風充滿山山水水之煙氛濕氣，特水墨畫興味，在此七字中，神靈活現表現出來。顯示杜甫借畫議論之獨到見解。

又〈戲題畫山水圖歌〉：「十日畫一水，五日畫一石。能是不受相促迫，王宰始肯留真跡。」㉒，兩句表現畫家作

⑳見《杜甫研究學刊》第四期，總第五〇期（一九九六年），頁二五。
㉑同注⑲，頁一〇一，〇一九。
㉒《唐代文人題畫詩輯》（《靜宜人文學報》，八十一年六月），頁一〇一，〇一九。

畫之工夫，不徐不急之作畫態度，能有如此從容不迫之精神態度，畫家王宰始能留下如此精美作品於人間。表現詩人觀畫起興而引起對繪畫之議論與見解。㊃

又〈題李尊師松樹障子歌〉：「老夫平生好古奇」㊄及〈觀薛稷少保書畫壁〉：「少保有古風。」㊅，即詩人自道，一生尚古最好新奇古拙之議論與繪畫見解㊆。在〈戲為雙松圖歌〉說：「天下幾人畫古松。」㊇皆表現杜甫藝術觀崇尚古風。亦是其借畫議論之見解。

又〈丹青引贈曹將軍霸〉有：「丹青不知老將至，富貴於我如浮雲。」㊈表現作者以繪畫美化人生，令人不知老之將至，表現作畫為興趣所致，即樂趣，不在名利富貴之追求之藝術見解。

㊃此點近人楊力於《中國韻文學刊》第二期（一九九七年），〈略論杜甫題畫詩的繪畫美學思想〉一文亦提到，其云：「在創作態度上，杜甫認為藝術創作……它需要認真琢磨，不受時間和他人的催迫。只有『能事不受相促迫』具有先在胸中醞釀成熟而後認真落筆的創作態度，即像王宰那樣《十日畫一水，五日畫一石》，才能留下精品於人間。可為佐證。」（頁一〇〇～一〇一）。

㊄同注㊂，頁一〇一，〇二二。

㊅同注㊂，頁一〇一，〇三二。

㊆近人張晶於《內蒙古大學報》第二八卷第六期（一九九九年十二月），〈杜甫題詩的審美標準〉一文中曰：「杜甫尚瘦勁有骨的書畫藝術，是與他的尚古相關的。詩人宣稱，『老夫平生好奇古』，又稱讚唐代畫家薛稷書畫『少保有古風』為一印證。」（頁四七）。

㊇同注㊂，頁一〇一，〇二六。

㊈《唐代文人題畫詩輯》（《靜宜人文學報》，八十一年六月），頁一〇一，〇二四。

㈢對畫家之尊重與稱揚：

表現於杜甫題畫詩之意涵，有一重要見解，即杜甫率先表現對畫家之尊重與稱揚。此於不重視畫家之當日社會，具有一股新意義。89

〈奉先劉少府新畫山水障歌〉：「畫詩亦無數，好手不可遇。」又：「對此融心神，知君重毫素。」說明作者看重畫家，尊敬稱畫家為「畫師」，並且讚美他乃頂尖繪畫「好手」；第二句則表現作者觀畫以至忘我之境，將「心神」融入繪畫，因而意會出畫家異常重視畫。顯示作者對畫家之尊重與稱揚。又曰：「豈但祁岳與鄭虔，筆跡遠過楊契丹」，祁岳、鄭虔、楊契丹都是唐代盛極一時名畫家，而杜甫將畫家與之相媲美，其尊重與稱揚之情，就不言而喻。

此一意涵、見解，又見於〈畫鶻形〉：「乃知畫師妙，功刮造化窟。」直接稱美畫家技巧高妙、繪畫工夫直比自然。

又〈題壁畫馬歌〉：「韋侯別我有所適，知我憐君畫無敵。」則表現作者坦率稱揚畫家之知心、愛心且言畫家繪畫工夫無人可比。

又〈題李尊師松樹障子歌〉：「已知仙客意相親，更覺良工心獨苦。」首句寫畫家借畫，心欲與詩人相融通，詩人觀此畫發出用心良苦之稱揚。稱畫家為「良工」，更見詩人

89《唐代文人題畫詩輯》（《靜宜人文學報》，八十一年六月），頁一〇一，〇二九。

對畫家之尊重。

又〈戲為雙松圖歌〉：「請公放筆為直幹。」亦是詩人觀畫請畫家為其絹繪畫一幅；其對畫家藝術素養之推崇與信心，溢於言表。

又〈姜楚公畫角鷹歌〉：「畫師不是無心學，此寫真在左綿。」表現杜甫以畫家學畫用心，逼真地表現出角鷹寫實之物象；詩人以為繪畫要寫實逼真、傳神。對藝術提出杜甫之見解⑩。更見詩人對畫家之知心與推崇。

㈣表現杜甫對借畫起興所興起之感慨：

杜甫題畫詩之意涵之一在對畫起興所興起之感慨，此乃李白題畫詩所無。〈畫鶻形〉：「吾意今何傷，顧步獨紆鬱。」表現深沉之感慨，我心今日何必傷心？一步十迴獨自紆鬱舒歎！

又〈戲題畫山水圖歌〉：「焉得并州快剪刀，剪取吳松半江水。」亦是作者觀畫所興起之感喟；如何取得舉世聞名之并州鋒利剪刀，來獲取吳松江半邊江水？

又〈題李尊師松樹障子歌〉：「悵望聊歌紫芝曲，詩為慘澹來悲風。」紫芝曲唐曲，惆悵望遠姑且唱一曲，作詩為畫歌詠，詩文慘淡而現出陣陣悲涼之氣；此亦無奈之感慨。

又〈姜楚公畫角鷹歌〉：「梁間燕雀休驚怕，亦未搏空上九天。」此乃借感慨對比角鷹之勇猛，喻凡鳥不驚不怕，有安定人心之作用，還未「搏空上九天」？不怕不怕，多慈

---

⑩見戴麗珠《詩與畫》，頁三一。

愛之詩心。

又〈觀薛稷少保書畫壁〉：「不知百載後，誰復來通泉。」此一深刻之感慨，人生無常，百載之後何事何人會何為？有誰知？杜甫以反詰語句來反問讀者觀者，如此美好之書畫，百年後，有誰來欣賞。

又〈韋風錄事宅觀曹將軍畫馬圖〉：「自從獻寶朝河宗，無復射蛟江水中。君不見金粟堆前松柏裡，龍媒去盡鳥呼風。」感歎曹霸晚年無知音，不再為王公貴人畫馬，一得權貴賞識之熱絡情況，落此悲涼後景；一呼一應更見詩人心境與意境之蒼涼開闊。此一感慨豈不動人？

又〈丹青引贈曹將軍霸〉：「途窮反遭俗眼白，世上沒有如公貧。但看古來盛名下，終日坎凜纏其身。」用字雖多，描述詳盡，但所興發之人事無常，世情悲涼之感歎與上首所述一同，讀來不禁令人唏噓。

又〈題壁畫馬歌〉：「時危安得真致此，與人同生亦同死。」此詩詠畫馬而發此感慨。

由以上幾首詩可見出杜甫題畫詩表現作者對創作繪畫之感慨。

㈤杜甫題畫詩表現詩畫冥然相通之美感：

此乃杜甫題畫詩之意涵與李白題畫詩意涵相同者，即詩畫相融通，李白題畫詩之意涵言「詩與畫和合為一之審美觀」。吾等以杜甫題畫詩印證此一理念：〈奉先劉少府新畫山水障歌〉：「對此融心神」，即詩人觀畫，心靈與畫融合為一。表現詩畫冥然相通之美感。

又〈題李尊師松樹障子歌〉：「障子松林靜杳冥，憑軒忽若無丹青。」又「對此興與精靈聚。」表現人、物兩相忘我，冥然相通之解。繪畫意境與詩人靜與無（忘我）之境界，自然相生相通，故杜甫又進一步說明：「對此興與精靈聚。」觀畫之興與畫之意境（精靈）相聚為一。

又〈通泉縣署屋壁後薛少保畫鶴〉：「蒼然猶出塵，低昂各有意。磊落如長人，佳此志氣遠。」將鶴擬人化，「出塵」、「各有意志」、光明「磊落」、使詩人不禁讚歎鶴如品行高潔之文士詩人志氣高遠；詩畫冥然相通，不言而喻。

又〈韋諷錄事宅觀曹將軍畫馬圖〉：「可憐九馬爭神駿，顧視清高氣深穩。借問苦心愛者誰？後有韋諷前支遁。」曹霸畫九馬，各馬皆具非凡、可愛姿態與精神奕奕之神駿；九馬彷彿回視人間，氣勢「深穩」而「清高」。杜甫以「清」高字，表現李白題畫詩意涵之「清趣之審美觀」。而九馬之可愛、神駿、氣定和清高氣勢，豈非詩人自道？因觀畫而引起詩人心靈感應，表現詩畫冥然相通之美感。

又〈丹青引贈曹將軍霸〉：「斯須九重真龍出，一洗萬古凡馬空。」寫曹霸畫馬非人間凡馬乃天上「真龍」再現，馬出塵不凡、神駿挺拔，如龍騰虎躍，詩人寫出如此千古非凡詩句，亦豈不是夫子自道，杜甫號稱詩聖，詩人一出筆，亦與曹霸畫馬相同，令天下凡馬「一洗萬古空」詩畫冥然相通之感，油然自出。

又〈奉觀嚴鄭公廳事岷山沱江畫圖十韻〉：「繪事攻殊絕，幽襟興激昂。從來謝太傅，丘壑道難忘。」表現畫家繪畫具有特殊絕妙之感人效果，使觀者興致「激昂」慷慨。然後以謝安之愛山水，深致難忘，寫出畫我合一詩畫冥然相通之美感。

㈥杜甫題畫詩表現擅於描寫畫境之意涵：

此點與李白題畫詩有相通之處，然而杜甫更加大擴張表現之內容、範圍與意境。〈奉先劉少府新畫山水障歌〉：「堂上不和生楓樹，怪底江山起煙霧。……得非懸圃裂，無乃瀟湘翻。悄然坐我天姥下，耳邊已似聞清猿。反思前夜風雨急，乃是蒲城鬼神入……。」首兩句寫畫境，接著用「懸圃裂」、「瀟湘翻」描述山崩陡勢、江水滔滔之氣勢及意境，然後由動而靜，由感官視覺到聽覺，聽到山猿清鳴，此處用一「清」字，亦是李白題畫詩意涵之一清趣之審美觀之發露；然後，再由靜而動寫山雨欲來風滿樓之景緻，恍如蒲城鬼神入畫中。描寫畫境出神入化。

又〈畫鶻形〉：「高堂見生鶻，颯爽動秋骨。初驚無拘攣，何得立突兀。……寫此神駿姿，充君眼中物。」，「颯爽動秋骨」於後文將詳細討論，今寫畫中鶻鳥挺拔聳立、不驚不懼之神豪英姿，畫境優美動人，下文我們將討論杜甫題畫詩最後一個意涵，「瘦硬遒勁，骨氣剛健。形神兼備之審美觀」，鶻鳥「颯爽動秋骨」即是，在此先行發露。

又〈戲題畫山水圖歌〉：「壯哉崑崙方壺圓，掛君高堂之素壁。巴陵洞庭日本東，赤岸水與銀河道。中有雲氣隨飛龍，舟人漁子入浦詠。山木盡亞洪濤風，……。」寫素壁上崑崙山水圖，在「巴陵洞庭日本」之東方，用「赤」岸流水和「銀」河流道，進一步表現「水」之美感。然後，以「雲氣中之飛龍」表現水洶湧澎湃壯闊，再寫人駕舟入渡口；山上樹木全被洪波風濤所搖撼。如此畫境，豈不是如詩如畫。

又〈題李尊師松樹障子歌〉：「陰崖卻承霜雪幹，偃蓋反走糾龍形。」將生長在山崖邊，承受霜雪之松樹，盤錯古奇之型態，描繪得栩栩逼真。

又〈戲為雙松圖歌〉：「兩株慘裂苔蘚皮，屈鐵交錯回高枝。白摧朽骨龍虎死，黑入太陰雷雨垂。」猶記先恩師李漁叔教授啟蒙筆者，畫松、梅，用筆須老、古、怪、奇，而杜甫戲題雙松，寫意境前兩句應先恩師云：「老、古」兩字之意境；後兩句亦應先恩師云：「怪、奇」兩字的意境。杜甫題畫詩之意涵所表現之「描寫畫境之審美觀」，豈不是多采多姿、包羅萬象？

又〈姜楚公畫角鷹歌〉：「楚公畫鷹鷹帶角，殺氣森森到幽朔。觀音貪愁掣臂飛，……。」此三句描寫角鷹殺氣、銳氣生動逼真，「掣臂飛」極寫實，小時，我看過哥哥訓練鷹，就是把鷹放在肘臂上，放它登高一飛而去，再一呼而回，一去一返鷹皆在肘臂上。古今一同乎？

又〈觀薛稷少保書畫壁〉：「畫藏青蓬界……此行疊壯觀，郭薛俱才賢。」見上文〔㈠借畫論畫，表現作者對繪畫之見解〕一節（見頁二三一）所引，此段不只表現杜甫對書畫之見解，亦顯示杜甫尊重畫家，讚揚畫家，又顯現杜甫描寫畫境之審美觀，以「壯觀」兩字描述薛稷之書畫。

又〈通泉縣署屋壁後薛少保畫鶴〉：「畫色久欲盡，……，豈惟粉墨新，萬里不以力。群遊森會神，威遲白鳳態。」描寫薛稷畫十一鶴之境界，引文又見於上文杜甫題畫詩之意涵㈠與㈤二節（見頁二三一、二三九），「萬里不以力」寫仙鶴凌空而非，仙風道骨；「群遊森會神，威遲白鳳態。」表現仙鶴群遊各個聚精會神，行動從容不迫恍如白鳳凰現世。描寫之畫境如此切合畫像，栩栩如生之仙鶴，群飛而立，如現眼前，意境出塵清新。

又〈韋諷錄事宅觀曹將軍畫馬圖〉：「……今之新圖有二馬……縞素漠漠開風沙，其於七匹亦殊絕，迴若寒空動煙雪。霜蹄蹴踏長楸間，馬官廝養森成列。……。」描寫曹霸畫九馬，分寫、合寫皆表現杜甫描寫畫境之工力巧妙多變化，出神入化。

又〈丹青引贈曹將軍霸〉寫曹霸畫馬之畫境，一如上述。

又〈畫鷹〉：「……攫身思狡兔，側目似愁明。絛鏇光堪摘，軒楹勢可呼。何當擊凡鳥？毛血灑平蕪。」㉛寫鷹之狡捷非凡，態勢逼人。且有鷹擊凡鳥，「毛血灑平蕪」之想像。

又〈嚴公廳宴同詠蜀道畫圖〉：「日臨公館靜，畫滿地圖雄。劍閣星橋北，松州雪領東。華夷山不斷，吳蜀水相通。興興煙霞會，清樽幸不空。」㉜描寫蜀道之畫境，以寂靜點觀畫地點，觀「雄」勢蜀道圖，接著四句寫蜀道圖之意

㉛見近人施建中《由唐人題畫詩觀唐畫寫真之論》一文，可為此見解之印證與參考（《南京師大學報》，第三期，二〇〇一年，五月）。

㉜《唐代文人題畫詩輯》（《靜宜人文學報》，八十一年六月），頁一〇一，〇三〇。

境畫境，讀者可以與李白〈蜀道難〉一詩相參考，對杜甫描寫之蜀道畫圖心領神會，於後，杜甫借畫興起「興與煙霞會，清樽幸不空。」之感慨。「詩與煙霞會」寫詩人與畫冥然相通之美感，一「清」字，點出「清趣之審美觀」。

又〈奉觀嚴鄭公廳事岷山沱江畫圖十韻〉：「沱水流中座，岷山到此堂。白波吹粉壁，青嶂插雕梁。直訝杉松冷，兼疑菱荇香。雪雲須點綴，沙草得微茫。嶺雁隨毫末；川蜺飲練光。霏紅洲蕊亂，拂黛石蘿長。暗谷非關雨，丹楓不詠霜。秋成玄圃外，景物洞亭旁。繪事功殊絕，幽襟興激昂。從來謝太傅，丘壑道難忘。」⑬此詩描寫岷山沱江之畫境，有視覺美感、聽覺美感、味覺美感、嗅覺美感；並讚美畫家畫「殊絕」，令作者觀畫之後興致激昂，永生難忘。

㈦瘦硬遒勁、骨氣剛健、形神兼備之意涵⑭

杜甫題畫詩涵孕瘦硬遒勁、骨氣剛健之審美觀是由近人張晶所提出⑮，下文再提出討論：今先論述形神兼備之審美觀⑯近人張英提出杜甫題畫詩二個審美標準⑰談到，形神

---

⑬《唐代文人題畫詩輯》（《靜宜人文學報》，八十一年六月），頁一〇一，〇三一。

⑭同前注，〇三二。

⑮見近人張晶《杜甫題畫詩的審美標準》與張英的《杜甫題畫詩管窺》（《雲南社會科學》，第六期，一九九六年）。

⑯見張英《杜甫題畫詩管窺》，頁十四。

⑰見戴麗珠《詩與畫》，頁三三～三六。

兼備之審美觀於魏晉南北朝畫論已提出、成形、成熟。⑱檢視杜甫題畫詩合乎此一意涵之詩〈奉先劉少府新畫山水障歌〉：「野亭春還雜花遠，漁翁暝踏孤舟立。」

又〈姜楚公畫角鷹歌〉：「此鷹寫真在左綿，卻嗟真骨遂虛傳。」此詩用一「骨」字，表現鷹的骨氣剛健。

又〈通泉縣署屋壁後薛少保畫鶴〉：「薛公十一鶴，皆寫青田真。」用一「真」字，表現鶴瘦硬遒勁、骨氣剛健之形神之美。「豈惟粉墨新……終嗟風雨頻，赤霄有真骨。」皆如上言。

又〈韋諷錄事宅觀曹將軍畫馬圖〉：「騰驤磊落三萬匹，皆與比圖筋骨同。」亦表現曹霸所畫馬磊落騰驤與宮中所飼養之三萬匹廄馬「筋骨」一式，「筋骨」即瘦硬遒勁、骨氣剛健之美。

又〈丹青引贈曹將軍霸〉：「幹惟畫肉不盡骨……將軍畫善蓋有神，……。」韓幹畫馬於唐畫很有名，然其畫馬表現唐朝之審美觀——肥胖壯碩之美，曹霸畫馬重骨氣（已見上文索引），不同與韓幹馬，故杜甫題畫詩云：「幹惟畫肉不畫骨」⑲，進而曰：「將軍畫善蓋有神」，表現曹霸畫馬以瘦硬有骨表現馬之神韻。

今以張晶與張英二文看杜甫題畫詩之意涵之此一審美觀，及其看法。張晶《杜甫題畫詩的審美標準》說：「詩人早年的名篇〈房兵曹胡馬詩〉云：『胡馬大宛名，鋒稜瘦骨

---

⑱見注⑮，頁四三摘要。

⑲見戴麗珠《詩與畫》，頁三〇。

成。……驍騰有如此，萬里可橫行。』這首詩雖非題畫，但卻很鮮明地表現出詩人以瘦硬有骨為駿馬的審美觀點。……在『……始知神龍別有種，不別俗馬空多肉。』稱瘦勁之馬為『神龍』，多肉肥馬為『俗馬』一褒一貶，高下懸殊」。（頁四四）由以上引文，可知杜甫題畫詩意涵之一——瘦硬遒勁、骨氣剛健之審美觀又得一印證。

張英《杜甫題畫詩管窺》云：「杜甫在題畫詩中所表現出來的審美標準有兩個方面，一是形肖，二是富有神韻。……只有像曹氏那種『盡善』，且有『神』的繪畫作品才能夠被稱為是上品。強調形神的統一性，是杜甫審美思想的重要原則，……。」（頁一四）依張英一文引文，可知杜甫題畫詩意涵之一——形神兼備之審美觀亦得以印證。

由上所解析可見杜甫對繪畫之議論與見解，觀畫興慨及對繪畫提出議論、見解，對畫家表示推崇與看重乃杜甫題畫詩比李白更深沉、更寬闊、表現方面更開闊之特色。

依以上分析，可知杜甫題畫詩共有十四首，依內容看有山水、鶻、馬、松樹、角鷹、書畫、鶴等；依表現技法看：有五七言歌行間有三言短句、五言古詩、七言律詩、七言歌行、七言古詩、五言律詩，由此可見杜甫題畫詩之意涵。

肆、李杜題畫詩之意涵比較

李白題畫詩，表現借壁上山水，興起看清大千世界渾渾噩噩世相，回歸於清心，自然開闊心境；顯示詩人借畫象引發想像，使詩人與畫產生冥然暗合之共鳴，表明繪畫具有娛

樂人心之功用，令觀畫之人，體會蕭散開懷之情致：此乃詩畫相融所具有之特質之一。⑩⓪

杜甫題畫詩表現詩人文士對畫家之重視與對繪畫藝術價值之肯定。杜甫題畫詩所提出之現象，具有如何意義？

1. 唐代詩人已揭示讚美畫家作品之藝術價值，畫家作品也受到部分文士之尊重，與文人詩家相知相友。
2. 唐代詩人已經熟悉畫家作品用心、用神之苦工。
3. 縱而言，唐代畫家功力深厚，超越古人。橫而言，畫面表現之物象空間，氣勢萬千，涵括萬里。此一遼闊、杳冥之畫境，已被唐代詩人意會出。
4. 詩人觀畫且入畫，顯現詩畫合而為一之契合感。⑩①

李白與杜甫題畫詩之意涵比較，近人楊學是《李白題畫詩管窺——兼與杜甫題山水詩之比較》，表現更詳瞻、具體、深刻之體悟，其文所言：「李白、杜甫的題山水畫詩，和兩人其他詩作一樣，帶有十分鮮明獨特風格。《滄浪詩話》說：『子美不能為太白之飄逸，太白不能為子美之沉郁。』証之李、杜題山水畫詩，亦可作如是觀，然嚴羽所論僅止於一，李白題畫詩，與畫事、畫人了無關係，直可當山水、游仙詩現實。李白讀書，其意不在畫，而在對往昔遊歷江山勝景之回憶及印證，對未來理想之仙山奇境與人生境界之嚮往與追求。所讀乃是自己胸中之丘壑，原是借畫家之酒杯，澆自己之塊壘。故李白題山水畫詩，既不深及畫家，且

⑩⓪見戴麗珠《詩與畫》，頁三〇～三二。

⑩①見《杜甫研究學刊》第四期，總第五〇期（一九九六年），頁三四。

不談論畫藝，唯借畫發揮，一展胸襟。」（頁二二）所言甚是，一語中的。

楊學是對杜甫題畫詩之看法，如後：「而杜甫則是就畫論畫，做畫和畫家的解人。他還常常採用『尊題』之法，以褒揚自己的畫家朋友。……」又云：「同是題山水畫詩，李詩擴張，杜詩內斂。李詩面熱而內寂，杜詩心熱而外靜。……李白的題山水畫詩……畫而宏大、視野開闊、意象繁多……，亦真亦幻。視點變動不居，思維飄逸無際，真所謂心遊萬仞，思接千載。……。詩人奇異的想像和極度的誇張，在風格上是抒情的。……杜甫的題山水畫詩也喜用古體（……），喜歡用寫實的筆法敘述自己面前的那幅畫，他是一個冷靜的審美家、鑑賞家。他並不缺乏豐富的想像，甚至也常常產生藝術幻覺，……。但杜甫始終理智地保持著與畫的審美距離。……。同時，杜甫這類詩，大致都遵循著一定的章法，在結構上顯得較為嚴謹，在語言上相對質樸。在風格上更多表現為敘事的，在情感表達上相對李白較為平和，故訴諸人們感性層面的是一種靜感、內斂感。……杜甫題畫詩的章法有一個特點，那就是在詩的開端，常常是介紹事由或描述賞畫的環境。……可見，于題山水畫詩，杜甫的情感寄託在人，有一種親切感。李白寄託在仙，有一種寂遠感。杜甫立足於現實，李白投身在虛幻。杜甫詩中有人，李白詩中無人。……」

總體而言，李杜題畫詩比較，李白抒情、杜甫敘事；李白感性、杜甫理性；李白超現實、杜甫重現實；李白意境飄逸、杜甫意境開闊；李白運用想像、杜甫腳踏實地。李白提出詩人與畫冥然合一、清心魂、娛人，杜甫提出尊重畫家，提出對繪畫之觀點、擴張題畫詩之意境與內容、範圍，如《丹青引》乃為畫家立傳之史詩，在周瑾《杜甫題畫詩的法與意》一文云：「……李白……縱橫姿意、變幻莫測……但是，詩人處處流露出功成身退、縱情山水的思想……。杜甫題畫詩中那種對時局安危的憂念，對國事盛衰的感慨，那種發揚思奮的慷慨之志，老驥伏櫪的悲壯之情，在李白詩中卻難得一見。」（頁一〇五）由於上文就杜甫題畫詩而論，故不見偏重於杜，但對李、杜題畫詩風之迴異足以予於肯定。

伍、李杜題畫詩之意涵對當代後世之影響

李杜題畫詩開詩中別裁為另一新體，為文人創作擴展創作詩歌的新領域，為宋代題畫詩開方便法門，雖然，北宋・蘇東坡與黃庭堅，另出新面目（此點非本文所要討論，李栖有宋代題畫詩研究，其弟子張高評也正在從事此研究），然而蘇黃對李杜之傳承與所受之啟發，乃歷代文人詩家畫家所不容否認。李杜、蘇黃乃元、明、清文人畫之先聲，此乃李杜題畫詩對後世，最有影響也最價值與最重要之處亦本文要討論之動機與關鍵（可參考前文前言）。

有關李杜題畫詩對當時以及後人之影響，近人劉亮《論唐五代題畫詩與同期山水畫審美精神的發展》⑩²，以及王秀

⑩²劉亮《論唐五代題畫詩與同期山水畫審美精神的發展》（《南京藝術學

春《論杜甫的題畫詩對後代題畫詩及文人畫的影響》⑩皆提及，拙作《詩與畫》⑩提出李杜題畫詩與宋、元、明、清人相異之處在表現草創者鮮活活潑之生命力，此乃為新詩體之誕生，影響後代至鉅。

李杜題畫詩對唐代繪畫之影響有二，一是水墨山水「元氣淋漓障猶濕」（杜甫）、「了然不絕清心魂」（李白）之水墨山水清新高雅之美；一是碧綠山水「五色粉圖安足珍」（李白）、「白波吹粉壁，青嶂插雕梁」（杜甫）之盛唐青綠山水之富麗宏偉之美。⑩

此外，李白認為畫可以「清心魂」此一「清趣之審美觀」影響北宋蘇東坡「詩畫本一律、天工與清新。」⑩形神兼備之審美觀；李白又以為畫能娛人，影響明代董其昌提出書畫可以令人長壽之觀點。

至於杜甫對後代之影響，在提高畫家之社會地位，繪畫獨立成為一門藝術創作學科；另外開創宋代文人借畫議論、提出對繪畫之見解、擴張繪畫表現領域與意境。至於近人王秀春《論杜甫的題畫詩對後代題畫詩及文人畫的影響》，認為杜甫題畫詩使用興寄手法影響後代詩人、畫家思維方式；

院學報》（美術與設計版），二〇〇四年五月），頁七三。

⑩王秀春《論杜甫的題畫詩對後代題畫詩及文人畫的影響》（《杜甫研究學刊》，第四期，二〇〇二年。

⑩戴麗珠《詩與畫》（聯經出版事業公司，一九七八年七月初版）。

⑩參考近人劉亮《論唐五代題畫詩》與同期《山水畫審美精神的發展》，〈李白、杜甫題畫詩與盛唐青綠山水富麗宏偉之美〉一節（頁七三）。

⑩見蘇東坡詩《畫跋鄢陵王主簿所畫折枝二首》。

又確立幾種典型書寫模式對後代題畫詩及文人畫亦有影響⑩7。這裡我們不再贅敘。

陸、結論

李杜皆詩國豪傑，不與一般人見識，故開創題畫詩，此一新體裁、新境界、新領域、新意境，本文已經剖析很詳盡，故不再畫蛇添足，以此收筆，就正方家，謝謝。

⑩7見王秀春《論杜甫的題畫詩對後代題畫詩及文人畫的影響》，頁一九～二五。

附錄三：詩畫合一探源

壹、詩畫一律之提出

蘇東坡以宋代文人士大夫身分，以其對詩文創作之體悟，融合其對中國繪畫之領會，完成中國文化史中，特異之詩與畫相互融通合一之創作態度；此一創作態度乃是以莊子通過經驗、齋忘、天工之藝術創作態度，配合儒家昇華人生、善化人生觀念，兩相融通於文人士大夫之胸襟，再經創作者融通吐納，再創造之態度。詩畫合一現象之發現，完成於東坡，發端於生卒年略早於東坡之神宗熙寧年間御書院藝學郭熙（西元一〇〇〇～一〇九〇年）之畫論。①蓋詩畫創作態度相融通之現象，非始於北宋、非始于東坡，特由於東坡之體悟、發揚與立論而造成風氣，影響其時其後文人士大夫之詩文書畫創作；至元明以後雖間有轉化，然而追本溯源，此一時標榜文人士大夫精神之創作態度，因東坡之闡揚而成立，則為不爭事實。

東坡與郭熙論詩畫合一之言如下：

郭熙言：「更如前人言，詩是無形畫，畫是有形詩，哲人多談此言，吾人所師。余因暇日閱晉唐古今詩什，其中佳

①據《中國藝術精神》之考證，頁三二四。

句，有道盡人腹中之事，有裝出目前之景……。」②

東坡詩曰：「詩畫本一律，天工與清新。」③

又曰：「味摩詰之詩，詩中有畫；觀摩詰之畫，畫中有詩。」④

以郭熙所引之語觀之，蓋早於東坡之前，即有人發現詩與畫一致之關係。然而其人為誰？其說確切起于何時？則遽難明曉。然而此「哲人」意欲點出詩畫一致之企圖，則具體可見，且此一傾向已為郭熙時之畫家所意欲師法者，亦隱約可知。又郭熙言「余因暇日閱晉唐古今詩什」一語，顯示詩畫合一之事例，可上推至晉唐詩篇求之，亦即郭熙以為詩畫合一之現象於晉唐已顯現；此點觀念與東坡舉王維以為詩畫合一之代表，觀點相近。然則有宋一代之學藝文化，是否即承繼晉唐餘緒，再經宋代文人士大夫之肯定與發揚創新者？極逗人遐思。

比觀二家言語，東坡之立論實較郭熙明確而肯定；蓋以其「詩畫本一律，天工與清新」二語，見其明白道破詩畫合一之現象，且提出合一之現象乃在詩畫共同表現「天工與清新」。然則經由東坡所點明之「詩畫合一」現象，其真諦是否即指此一技巧之「天工」與作品之「清新」？此中真義，深堪尋味。

---

②《林泉高致》，「畫意」條，頁十八。

③《集註分類東坡詩》（以下簡稱《集註分類》）卷十一，「畫跋陵王主簿所畫折枝二首」，頁二二七。

④《題跋》卷五，頁九十四。

又第三則立論，推舉王維之詩畫創作，為詩畫合一之最佳圭臬。何以東坡于晉唐眾多詩什，獨推舉王維以為楷模？其立論出發點為何？其所體悟之創作態度何在？皆為今日吾等所希冀以明者，此中癥結容於後章析論之。

由以上三則見出詩畫合一之現象，非始于北宋，乃濫觴於北宋郭熙以前，假郭熙之引述得見於今，公開明確立論則見於蘇東坡，且明白提出「詩畫本一律」之語。

貳、「無形畫」轉為「有聲畫」之意義

引起宋代文人士大夫與畫院畫家同取並重之詩畫合一現象，非始于宋，且可上追至晉唐，已由上引郭熙之畫論見出。然而將詩畫之界限澈底泯滅，以詩人、文人士大夫之態度論畫，則形成于宋，其間轉化變易之跡，於前舉郭熙、東坡，以及晚於東坡之北宋士文人士大夫，對詩畫合一現象之用語，亦可稍見端倪。茲將晚於東坡以後人之言論，列之於后，以為徵信：

黃山谷《題畫詩》曰：「李侯有句不肯吐，澹墨寫出無聲詩。」⑤

慧洪《題宋迪作瀟湘八景圖詩》序曰：「宋迪作八景絕妙，人謂之無聲詩。演上人戲余道：能作有聲畫乎？因為之各賦一首。」⑥

---

⑤《豫章黃先生文集》卷五。

⑥《聲畫集》卷三。

山谷（西元一〇四五～一一〇五年）生卒年稍晚於東坡，異常顯明將郭熙畫論所引述之前人語，用以形容畫之語辭「有形詩」轉化為「無聲詩」；南宋僧慧洪益進而引演上人「有聲畫」之語，以題其題畫詩集曰「聲畫集」；此後以「無聲」、「有聲」代「有形」、「無形」之新用語，乃成為後人沿用之通語。⑦以是此二新用語，成為「詩畫本一律」立論確定後之通行語。

且依其中語辭之轉化，即由「形」轉「聲」，益被沿用不衰之事實，窺知一有趣現象，意即文人士大夫以其文學素養，染指繪畫界之顯明現象。郭熙畫論所引述之「前人」，雖不知其為何人，然由其言「詩是無形畫，畫是有形詩」一語觀之，其論詩畫之態度，是以畫為重心之立場出發，故以「無形畫」形容「詩」，以「有形詩」形容畫。至於黃山谷與慧洪，演上人等人，以「無聲詩」形容畫，以「有聲畫」形容詩，顯然就文學所依用之文字與所蘊涵之聲音，即「詩」之立場為言。即是以「無形畫」形容詩，乃就畫家立場為言，形容詩之用辭，以「畫」為重之「形象」立場為表達；以「有形詩」形容畫，亦是以畫家之立場為言，故以「有形」之詩形容畫。而以「無聲詩」形容畫，則是以「詩」之立場為言，故形容畫，以「無聲」之詩為語；以「有聲畫」形容詩，亦是以「詩」之立場為言，故形容詩則

⑦如明・王世貞《弇州山人續稿》卷一六九記「陳道復牡丹」曰：「……何無聲之詩與無色之畫兩相契也。」（頁七七八一）；又如明・姜紹書《有無聲詩史》七卷。

言「有聲」之畫。此中立論與用辭之著重點有異，其間軒輕，劃然明白。蓋詩與畫本為不同之兩物，其間最顯明之差別，即詩以文字表現，故有音調——即聲韻；畫以線條色彩表現，故有形態——即畫面之空間。此一自著重於「形」之立場，轉化為著重於「聲」之立論，表現自東坡清晰立論「詩畫本一律」後之差異，說明「詩畫合一」現象之態度，自郭熙所引述之以畫為重之立場，轉變為文人士大夫以「詩」為重之立場。

今將此間演化關係以圖表明之：

郭熙前人	東坡	山谷、慧洪、演上人
詩：無形畫——	詩中有畫 ——	有聲畫
	↑	
（以畫為重）	本一律（對詩畫無軒輊）	（以詩為重）
	↓	
畫：有形詩——	畫中有詩 ——	無聲詩

此一轉化現象，說明此後之中國繪畫，將成為文人士大夫表現創作之態度之先兆；而「無聲詩」乃成為嗣後中國文人畫家衷心依循、追求之最高境界，亦即文人畫⑧之最深

⑧〈文人畫〉一詞首見於明・董其昌《容臺集》（畫旨）卷六曰：「文人之畫自王右丞始，其後……李龍眠、王晉卿米南宮及虎兒皆從董巨得來……。」（頁四）然元・趙孟頫已言之，見《格古要論》卷六〈士夫畫條〉曰：「趙子昂問錢舜舉曰：如何是士夫畫，舜舉答曰：戾家畫

邃，最高遠之創作表現，於此已見其端倪。因而自此之後中國畫壇，畫家泰半為文人，流風所趨，日盛日成，此一演化雖亦由於元明以後之時代社會風氣所促成，然而此風之初起，乃始發於北宋東坡，及其時其後之文人士大夫，則為不可否認者。

綜觀以上二小節析論，顯現幾個問題：

⑴詩畫一律之確切表明在蘇東坡，且其持論平正的當，對詩與畫毫無軒輊。

⑵東坡以前，詩畫合一之現象，已有人點述，且已為時人所意欲師法，故知此種現象早已存在。

⑶詩畫合一現象之表現事例，可上溯至晉唐；東坡更推舉王維之詩畫創作，為詩畫一律之代表。

⑷由其間轉化層次觀之，見「繪畫」乃先接受「詩化」，其後才再受文人，詩人之指導。

⑸詩畫本自不同，故有自「形」轉化為以「聲」形容之現象過程，然則何以促成詩畫合一之現象？其始初之源是否可更切當覓出？

也，子昂曰：然余觀唐之王維、宋之李成、郭熙、李伯時皆高尚士夫，所畫與物傳神盡其妙也，近世士夫畫者謬甚矣。」（頁十三）實皆傳承宋蘇東坡語而來，其言曰：「觀士人畫如閱天下馬，取其意氣所刻……漢傑真士人畫也。」漢傑者宋代畫院畫家宋迪之子也。見《東坡題跋》卷五，頁九十九。

參、「詩、書、畫三絕」說之源起

為探索詩畫合一之始源，及其所以促成之因，先得探溯《詩書畫三絕》說之源起。自元明以後，詩書畫三者俱妙，乃為中國人讚美文人或畫家之最高敬語，此一習慣至今尚沿用；然則此種用語習慣之養成，起于何時？為明確了解「詩書畫三絕」之源起，得先明白早已存在之畫贊、書、畫或詩、文書、畫並稱之現象，以及「三絕」語辭用例之演化；故上考載籍，歸類如下：

⑴後漢時，文人學士已多善畫者取代畫工以名世。據唐・張彥遠《歷代名畫記》載，後漢時畫家六人，其中趙岐以鴻儒「多才藝善畫」；劉褒官至蜀郡太守，畫〈雲漢圖〉，人見之覺熱，又畫〈北風圖〉，人見之覺涼；蔡邕以郎中身分，工「書、畫、善鼓琴」。且於靈帝時受詔畫「赤泉侯五代將相於省」，並為「讚」及「書」。⑨

⑵《歷代名畫記》用《東觀漢記》並孫暢之《述畫》云：「（蔡）邕書畫與讚，皆擅名於代，時稱三美。」此是一人兼備畫贊、書、畫三種絕妙技藝之最早紀載。⑩

⑶「三絕」之稱始見于晉時，符秦方士王嘉《拾遺記》，載吳主趙夫人善畫，善刺繡且技優，世稱「機絕、針絕、絲絕三絕」；又《晉書》〈顧愷之傳〉載其「才絕、畫絕、

⑨《歷代名畫記》卷四，頁六〇。

⑩同前注。

癡絕」，世稱「三絕」。⑪

⑷「三絕」之始稱，非限用於特指詩、書、畫而言，至唐時依然。如《唐朝名畫錄》載長安慈恩寺東院有王維、畢宏、鄭虔壁畫，時人號稱「三絕」，則顯然指三人之作而言；又《開天傳信記》載玄宗幸潞州，陳宏畫山川，韋之泰畫車旗吳道玄畫人物，當時稱為「三絕」，則明指合三人妙技以成作而言。⑫

⑸以「書、畫」為讚美人之熟語，始見於南史《宗炳傳》：「少文妙善琴、書、圖畫。」又唐・何延之《蘭亭記》。有「博學工文，琴、棊、書、畫皆妙得。」之語。見南北朝之士人，多善琴、書、畫之藝能；至唐時此風尚存亦雖則非如後世之特加標榜「詩書畫」之「三絕」關係，然而已顯見文人與書畫之關係益加密切，「書、畫」之地位與「琴、棋」相當，同為文人雅士之文雅藝能。⑬

⑹畫贊、書、畫被目為「三絕」之稱，始見于南史《梁元帝本紀》，曰：「工書、善畫、自圖宣尼像為之書贊，時人謂為三絕。」⑭

⑺以「詩、書、畫」號稱「三絕」之最早起源，可能當推《歷代名畫記》載唐玄宗御筆題鄭虔所獻「詩篇」及「書、畫」為「三絕」之故實而來。其文曰：「鄭虔高士

---

⑪《歷代名畫記》卷五，引劉義慶《世說新語》（頁六七）。

⑫《青木正兒全集》，頁一一二。

⑬《南史》卷七五〈隱逸列傳・宗少文傳〉（頁五）。

⑭《南史》卷八，頁十四。

也……開元二十五年……好琴、酒、篇詠、工山水；進獻詩篇及書、畫，玄宗御筆題曰鄭虔三絕。」⑮

(8)其後宋何薳《春渚紀聞》有以「樂語、畫、隸為「三絕」之條目；東坡曾畫一樂工、自作樂記，並以隸書書之，時人稱「真三絕」也，則「三絕」乃指「畫、文、書」而言，又東坡稱文與可「詩一、楚詞、草書三、畫四為四絕。」則又為「三絕」說之擴張與活用。⑯

由以上所引文獻著錄之跡，顯示如後幾個問題：

(1)東漢時蔡邕以文人並官吏身分兼營「贊」、「書」、「畫」三種妙藝，三者之間關係，「書」以書寫畫贊，「贊」以頌美「畫像」，見以「畫」為重心之立場。

(2)「三絕」之稱本非特指「詩、書、畫」為言，乃三種妙技、妙能、妙藝、或妙事之泛稱。

(3)梁元帝時，已有「書畫贊三絕」之稱；然而南北朝至唐，「書畫」乃與「棋、琴」同為其時文人雅士之生活藝能，不能與「詩、文」並稱。

(4)「詩、書、畫三絕」之稱，最早見於唐玄宗之讚美鄭虔，且三者關係，各自獨立而並美，益且明標出，詩乃作者吟詠之篇什，畫則指山水畫。

(5)至北宋時，「詩書畫」號稱「三絕」，已成習慣語，東坡且更擴而加楚詞為「四絕」。

(6)「書畫」於東漢，與頌美畫之「贊」並列，且「贊」列于

⑮《歷代名畫記》卷九，頁一一四。

⑯《青木正兒全集》，頁一一三。《集注分類》卷十一，頁二二五。

「書畫」之下；至南北朝唐時，與「棋琴」並稱，同用以讚美「文人」，然與「文」不並列，見界限。然至唐玄宗時，已有「書畫」與「吟詠之詩篇」並稱「三絕」之事。明白見出「書畫贊」由東漢以「畫」為中心之地位，漸次轉而與「棋琴」並論，成為「文人」詩文之附庸之現象。

為明曉其間轉化痕跡，特將此用語之演化現象，列表以明。

<table>
<tr><th rowspan="2">時代</th><th rowspan="2">出處</th><th colspan="3">例用辭語</th></tr>
<tr><th colspan="2">詩書畫</th><th>三絕</th></tr>
<tr><td>東漢</td><td>時人稱蔡邕</td><td colspan="2">書（寫贊）
畫（人物）
贊（頌美畫）</td><td>三美</td></tr>
<tr><td rowspan="2">晉</td><td>時人稱趙夫人</td><td colspan="2">機絕、針絕、絲絕</td><td>三絕</td></tr>
<tr><td>時人稱顧愷之</td><td colspan="2">才絕、畫絕、癡絕</td><td>三絕</td></tr>
<tr><td rowspan="2">南北朝</td><td>南史稱宗炳</td><td colspan="2">少文妙善琴、
書、圖畫</td><td></td></tr>
<tr><td>時人稱梁元帝</td><td colspan="2">書
畫
贊</td><td>三絕</td></tr>
<tr><td rowspan="2">唐</td><td>何延之語</td><td>博學
工文</td><td>琴棊書畫
皆妙得</td><td></td></tr>
<tr><td>玄宗稱鄭虔</td><td colspan="2">詩（篇詠）
畫
贊（山水）</td><td>三絕</td></tr>
<tr><td rowspan="3">宋</td><td>何遠語</td><td colspan="2">樂語
畫
隸</td><td>三絕</td></tr>
<tr><td>時人稱東坡</td><td colspan="2">樂記
隸書
畫</td><td>三絕</td></tr>
<tr><td>東坡稱文與可</td><td colspan="2">詩一
楚詞二
草書三
畫四</td><td>四絕</td></tr>
</table>

肆、題畫詩之起源

依上文「詩書畫三絕」用語之演化表觀之，清晰窺知盛行於宋元明清之題畫文學之產生

脈絡，然而此是後話，本章暫略而不述。蓋由上表可助吾等了解，詩畫相融通之現象，在晉

唐時已普遍形成風氣，且以文人為媒介。然而何以促成此一現象之發生？是否即在魏晉南北朝純文學之藝術觀成熟，與頌美功德之「人物」畫衰微，而「山水」畫興起者有關？實耐人尋思。為求更了解其成因，以下特分析題畫詩之源起。

關於題畫詩之源起，清・沈德潛《說時晬語》言：「唐以前未見題畫詩，開此體者為老杜。」然而除老杜外，檢尋當代其他作家篇什，尚可發現張九齡、李白、韓愈、柳宗元、白居易、元稹等人，皆有歌詠繪畫或對繪畫讚、記之篇章傳世⑰，就中以李、杜為最早為最多，且對後世有鮮明影響，故為之比論，見出如下幾種現象：

⑴李白有詠畫詩六首，杜甫卻有十七首之多。李白畫贊有十二首，杜甫卻僅有一首。⑱

⑵以標目視之，李白六首，僅一首出現「詠」字，即〈初出金門尋王侍御不遇詠壁上鸚鵡〉；杜甫卻有三首標目出現「題」字，即〈題壁上韋偃畫馬歌〉、〈戲題畫山水圖

⑰韓愈《畫記》，白居易有《畫記》、元稹有《畫松詩》等。

⑱據《李杜詩集》析之。

歌〉、〈題李尊師松樹障子歌〉、及一首出現「詠」字，即〈嚴公廳宴同詠蜀道畫圖〉。

(3)以詩之內容與技法表現析之，李白之六首，有〈詠鸚鵡〉一首，〈詠山水圖〉五首，幾全在借說明圖畫之景，以比興抒情；如〈詠壁上鸚鵡〉：

落羽辭金殿，孤鳴託繡衣，能言終見棄，還向隴山飛。

全不見說明圖壁之鸚鵡，僅感受借圖物比興之情。再如〈同族弟金城尉叔卿燭照山水壁畫歌〉：

高堂粉壁圖蓬瀛，燭前一見滄洲清。（「清」字表現中國美學文化中「清趣」之審美觀，始於論語、莊子，表現於六朝清談，至唐李白大加推崇，延於宋完成「詩畫本一律，天工與清新」之立論。）洪波洶湧山崢嶸，皎若丹丘隔海望赤城。光中乍喜嵐氣滅，謂逢山陰晴後雪。迴谿碧流寂無喧，又如秦人月下窺花源。（以上寫圖景）了然不覺清心魂，（此句表現詩人了解畫家心境與畫意，畫又使詩人心靈清明。）祇將疊嶂鳴秋猿。與君對此歡未歇，（此句表現畫使觀者（詩人）覺得娛悅。）放歌行吟達明發。卻顧海客揚雲帆，便欲因之向溟渤。

此一借山水清心以詠畫之態度，又如〈瑩禪師房觀山海圖〉：

真僧閉精宇，滅跡含達觀。列嶂圖雲山，攢峰入霄漢。丹崖森在目，清晝疑卷幔。蓬壺來軒牕，瀛海入几按。煙濤爭噴薄，島嶼相凌亂。征帆飄空中，瀑水灑天半。崢嶸若可陟，想像徒盈歎。（此句表現詩畫融通靠詩人觀畫之想像力。）杳與真心冥，遂諧靜者翫。（以上表明詩人與畫家、畫境融合而為一。）如登赤城裡，揭涉滄洲畔。即事能娛人，（此句表現畫能娛人之觀念。）從茲得蕭散。

讀此詩，已感受作者之詩與畫渾然融化，合而為一，至少李白詩顯見此一嘗試傾向。且結語二句「即事能娛人，從茲得蕭散」含有足以「娛人」、美化性靈之功用，以論畫之意味。至於杜甫則有所不同，前引沈德潛《說時晬語》論杜甫題畫詩法，又曰：「其法全不粘畫上發論，如題畫馬畫鷹，必說到真馬真鷹，復從真馬真鷹開出議論。」實則詠畫詩「法全不粘畫上發論」亦可於李白〈詠鸚鵡〉一首見之。蓋杜甫詠畫詩之特殊處，全在其議論特多，且時時涉及對畫者藝術之評論與技法之贊美。今列舉其要如後：

〈奉先劉少府新畫山水障歌〉有：「畫師亦無數，好手不可遇。對此融心神，知君重毫素。……元氣淋漓障猶濕，真宰上訴天應泣……。」

非但說明畫之水墨興味，直是論畫家創作態度。此類似乎在表現杜甫繪畫素養之議論，檢拾篇章，隨處可見。又如〈畫鶻行〉：

乃知畫師妙，功刮造化窟。

及〈戲題畫山水圖歌〉

十日畫一水，五日畫一石。能事不受相促迫，王宰始肯留真跡。壯哉崑崙方壺圖，掛君高堂之素壁。尤工遠勢古莫比，咫尺應須論萬里。焉得并州快剪刀，剪取吳淞半江水。

則於論畫家作畫之態度外，又加作者評論畫之藝術性之讚美。若如〈題李尊師松樹障子歌〉：

……障子松林靜杳冥，憑軒忽若無丹青。陰崖卻承霜雪幹，偃蓋反走虬龍形。老夫平生好奇古，對此興與精靈聚，已知仙客意相親，更覺良工心獨苦……。

非但寫出畫家之畫法與畫上圖景，且論述畫家創作之苦心與觀者觀畫之態度。

4.關於畫贊，李白有十二首，其中人物畫像八首，動物畫二首，佛相圖與斬龍圖二首；杜甫之一首為韓幹〈畫馬贊〉。

5.畫贊除李白〈金銀泥畫西方淨土變相讚〉與〈歡欣飛斬蛟龍圖讚〉為五言及〈畫鶴讚〉為四六外，餘皆為四言體式。

畫贊之起源極早，除上文已引述之東漢蔡邕畫贊外，初學記職官部亦有「尚書奏事於明光殿，省中畫古烈士，重行畫讚。」之記載，此外據晉書束皙傳記載，晉太康二年汲郡魏襄王墓發掘之竹簡七十五篇，「圖詩一篇畫贊之屬也。」⑲則顯示戰國時已有為畫作詩之風，且有「圖詩」之辭。蓋

⑲《晉書》卷五十一，頁廿五。

戰國以前，如詩經乃為四言韻文之詩體，眾所熟知者，故後世存留之「贊」體文字，尚有「四言韻文」之形式。由李、杜畫贊文字觀之，蓋文字由簡而繁，乃文字演化之自然現象，四言韻文之贊，當較五言或四六之贊為古。因是再檢翻晉六朝詩文集，發現四言畫贊，是當時流風，此一文體之標準形式；每篇概為四言八句韻文，如曹植《庖羲贊》曰：

木德風姓，八卦創馬，龍瑞名官、法地象天、庖廚祭祀、罟網漁畋、瑟以像時，神德通玄。⑳

大抵漢魏「畫贊」，多為「人物畫像」，至東晉・郭璞《爾雅圖讚》二卷㉑，《山海經圖讚》二卷。蓋今傳魏晉人文集，皆出後人摘拾，自不能完整，故畫贊少見；以是宋齊梁陳間之「畫贊」，於各家詩文均不易尋見，然而梁・沈約有《繡像贊並序》㉒，是為佛像贊；北周・庾信有《詠畫屏風詩》廿四首㉓，吟詠屏風畫圖之詩，直似流行其時之「詠

⑳《歷代名畫記》卷三：「漢明帝畫宮圖五十卷、第一起庖犧，五十雜畫贊」……命尚方畫工圖畫，謂之畫贊，至陳思王曹植為贊傳。」今《曹子健集》僅存贊三十三首。然則由《歷代名畫記》所載見之，「畫贊」之初意為「以圖畫贊頌」，至陳思王以「詩」為畫贊作傳，始代「圖詩」為文體之專稱乎？而陳思之先，已有蔡邕為畫作贊之記錄者。乃因無更切確之資料以資證明，僅闕疑之。

㉑《晉郭璞有爾雅音圖》二卷、《山海經圖贊》，為四言贊體文字。

㉒沈約《繡像贊並序》亦為四言贊體文字。

㉓《庾子山集》卷四詩〈詠畫屏風詩二十四首〉之二：「停車小苑外，下諸長橋前，溢菱迎擁揖、平荷直蓋船，殘絲繞折藕，芰葉映低蓮、遙望芙蓉影、只言水底然。」又：「上林春逕密、浮橋柳路長、龍媒逐細

物詩」，乃是融合客觀描寫與主觀抒情為一爐。且文題出現「詠畫詩」文字。又梁江淹《雲山讚》四首並序，四首皆為同體，為王太子、陰長生、白雲、秦女。今錄其序與王太子一首於後：

壁上有雜畫，皆作山水好勢、仙者五六，雲氣生焉，悵然會意，題為小讚云：

王太子喬

子喬好輕舉，不待煉銀丹。控鶴去窈窕，學鳳對巑岏。山無一春草，谷有千年蘭。（以上二句詠景），雲衣不躑躅，龍駕何時還？（以上二句以作者主觀發論作結）㉔

再如〈白雲〉一首亦然：

紫煙世不覯，赤鱗庖所捐。白雲亦海外，蓋蒕起三山。蕭瑟玉池上，客裔帝臺前。欲知青都裡，乘此乃登天。

見出其文體已由四言八句演為五言八句韻文，且直是作詩態度，異於曹植畫贊之客觀敘事，及對畫之歌功頌德與說明；有《庾信》五言〈詠畫屏風詩〉之融合客觀描寫與主觀抒情之現象，且顯視作者主觀發論之創作態度；更於序中出現：「雜畫、題、小讚」之字樣。《江淹集》中又有〈草木頌十五首並序〉言：

草、鶴鷺映垂楊、水似桃花色，山如甲煎香、白石清泉上、誰能待月光。」（頁二十七）

㉔《江文通文集》卷十，頁九二。

……且僕人之樂又已盡矣……所愛兩株樹十莖草之問耳。…………山中石榴美木豔樹，誰望誰待。縹華翠萼，紅華絳采。炤列泉石，芬撓山海。奇麗不徙，霜雪不改。㉕

見其酷愛草木自然之情，而所為頌體文字，一如漢魏畫贊之四言八句；然而非為頌讚人物畫像，乃是頌美草木花卉。且並非純客觀敘述與說明，亦涵容作者主觀情愫於句中；見贊體文字至此時已有較大擴張與轉變。又至唐代李杜之前，有盧鴻《草堂十字圖》，及《歌辭並序》十首㉖，《歌辭》之文體為仿楚辭體，內容敘景、抒情、詠誌兼容並蓄，乃是純粹「借物起興」手法。以文體而言，更見其擴張「圖詩」之表現範圍與技法。然則畫與圖詩或贊之關係，自東漢、魏之圖詩、畫贊僅為歌功頌德之說明功用，以畫為中心之附庸地位；逐漸演化為如「詠畫詩」或「題畫小讚」、「題圖歌辭」之有作者自我個性、有生命之各體創作，影響唐代以及其後文人表現才學之另一領域。然「四言贊體」文字，依然保留傳世。回視前文所析與李、杜「詠畫」、「畫贊詩」比觀，吾人可清晰見出題畫詩逐漸形成之跡，至於其明確出現於何時與何人之手，則無法查究。然而其與「畫贊」有其淵源在，似無可否認。為求明晰起見，列表如後：

㉕《江文通文集》卷十，頁八九。

㉖莊申有《唐盧鴻草堂十志圖考卷》、徐復觀氏有《故宮盧鴻草堂十志圖的根本問題》，皆以為今傳《盧鴻草堂十志圖》與《歌辭》，皆非唐盧鴻所作，然盧鴻曾作《草堂十志圖》，《東坡題跋》已言及，其作今雖不得，其事乃不容諱言。

時代	標目	文體	題材	創作態度
戰國	圖詩			
東漢	畫贊		人物 畫像	客觀 贊頌 說明
魏	畫贊	四言	草木 山水	客觀 贊頌 說明
晉	圖贊	四言	人物草木 山水 風月	融合主觀抒情與客觀敘述
梁（北周）	詠畫詩	五言	人物草木 雲山 （佛像）	借景予情如其時詠物詩之形式與作法
	題畫小贊	五言	草木	借物起興，融合主觀抒情與客觀敘述
	草木頌	四言	山水 鳥獸	主觀議論畫者技巧與創作態度與觀者感受
唐	詠畫詩	五言 七言 歌辭	人物 鳥獸 佛畫	保留古體作法加以舖述
	題畫贊	四言 五言 四六		

由以上析論，見出題畫詩之源起痕跡，乃源自東漢以來盛行之畫贊體，融入南北朝時蔚成風氣之詠物詩而成；至唐代李、杜時，已被採用為詩人表達詩興之方式之一，尤其杜甫以其詩人才學，擴張題畫詩之內容與性能，構成盛行於後世之題畫文學之先聲。然而題畫詩自杜甫之後，于有唐一代（見拙作《唐代文人題畫詩》，亦有作者六十三人，題畫詩一百四十二首。），而其盛行乃是宋以後之事。至於畫贊，至唐時已漸次為五、七言詩體所佔，如李白十二首畫贊，除人像畫贊保存四言韻文之古體形式外，亦兼以五言、四六表達，至白居易更有〈香山居士寫真詩〉與〈自題寫真詩〉之作㉗，然而於李白畫贊中，占重比例之「人像贊」，存留四言古體之遺風，尚沿用至今，為畫贊保留四言古體之命脈，亦為學術研究留下一絲線索。

伍、詩畫合一之成因

比觀上述「詩書畫三絕」用語演化表，及「題畫詩」源起表，即可一目了然何以促成詩畫合一之現象。蓋由於詩、畫各自獨立成品，即詩、畫各自成為單獨完成一體系之藝術，不再如東漢時畫與贊之主從關係，亦即以畫為中心，畫贊為人物畫之附庸地位，此點自題畫詩之創作態度之演變，可清晰見出。即以畫而言，題畫詩非僅為歌功頌德與鑑戒之用，亦已成為文人「託情詠物」之表現。以李白詩而言，表

㉗《青木正兒全集》，頁一一三。

現借壁上山水，起「了然清心魂」之感興，亦明示詩人借畫中景緻所引動之「想像」，至詩人與畫冥然為一；復說明此中真味，獨「靜者得翫」，且明言畫有「娛人」性質，觀者可「從茲得蕭散」。由是可見如後幾個問題：

⑴畫可以「娛人」，畫與詩人（觀者）依然存有主客關係在。

⑵唯讀畫景「幽香」，觀者「靜心」，方得畫（物）與心（我）相諧。

⑶畫與詩人之溝通依據「想像」。

此外更進而表明以詩肯定畫之藝術性之態度，如又言：「對此融心神，知君重毫素。」見詩人可將「心神」「融入」畫中，且由「知君重毫素」五字，已見出知畫之重要。再如「乃知畫師妙」一語，明見畫家的地位，由工匠身分，進而社會已賦予其較高尚之地位，得與文人詩家相友，故其創作藝術，亦被揭示讚美。至杜甫更體悟畫家創作態度與過程，如其言：「真宰上訴於天」、「功刮造化窟」、「十日畫一水、五日畫一石」以及「能事不受相促迫，王宰始肯留真跡」等語，若與莊子（田子方）所記載宋元君「畫史」之氣度，與其「通過經驗至忘此經驗」之創作過程比觀，其意益加了然。㉘亦即表明詩人重視「畫家尊重其自身創作」之態度；因之詩人一方面看出畫予人「元氣淋漓障猶濕」、「尤工遠勢古莫比，咫尺應須論萬里」與「障子松林靜杳

㉘莊子一書根於自由平等、天地萬物毫無等差之觀念而發，故其中表現庖丁、梓慶、承蜩老者之技藝態度，有超物我客觀之體會。

冥」之感受，縱言之，畫家之畫功力「超古」，橫言之，畫家之畫涵蘊「萬里」空間，皆為詩人窺知。另一方面詩人以其「興」與「精靈聚」之態度觀畫，而有「已知仙客意相親，更覺良工心獨苦」之論。至是，詩與畫已臻融合為一之境，故詩人又言：「憑軒忽若無丹青」，「無丹青」表明詩人與畫融合為一之情感。真耶？畫耶？直撲朔而迷離。故由杜甫題畫詩，見出如後幾個問題：

⑴詩人明確肯定畫之獨立藝術性；詩與畫在詩人感受中，現出相融相友現象。

⑵詩畫相融通現象已由李白觀畫之比興抒情，溢而為相知相友，無間然之態。

⑶繪畫之創作態度、過程與境界，被詩人所體會、所揭示。

以上所顯示之藝術創作態度與過程，自有作品出現，即已存在。唯至唐時特為詩人所體悟且點明，此點當是畫與文人之間關係益加親近之結果，唯畫與詩人關係益臻密切，故畫在詩人眼中呈現「靜杳冥」、「元氣淋漓」、「遠勢古莫比」及「咫尺萬里」之現象。以上析論，說明唐・杜甫題畫詩所顯示詩人與畫融諧現象，以及促成詩人與畫融合感應之因，乃在於畫家作品表現之「元氣淋漓、靜杳冥、天工造化」，借由詩人之體會而表出。此一詩畫相融通現象，於晉・陸機已有畫與詩之比論出現㉙；其後王廙更勉勵王羲之勤學書畫，明見書畫與文士關係日形密切㉚；至北齊・顏之

㉙《中國畫論類編》，頁十三。

㉚《中國畫論類編》，頁十四。

推論畫，說明當時皇室、貴族、文人學士，愛畫善畫，相激成風之情狀；㉛至唐・裴孝源更明言詩人與畫之關係，促起詩畫相融通之現象；㉜以上皆為「詩畫相融通」之先聲。至於杜甫以詩人之身分，體悟之繪畫創作態度，於唐以前亦已早見端倪，今類析於後：

⑴晉・顧愷之言：「還想妙得」，又言：「神儀在心而手稱其目者，玄賞則不待喻。」首先點出作畫之態度，在取物象之「神儀」以手寫出，即是所謂「以形寫形」之創作態度，而作者與物象，於其神儀之間之體會，乃在作者之「遷想」。㉝

⑵晉・王廙論畫，言書畫創造當在作者之有個性，其言曰：「畫乃吾自畫，書乃吾自書，吾餘事雖不足法，而書畫固可法。」說明書畫之形象乃經由作者之感性、理性之認識而表現之藝術形象，並非物理形象。㉞

⑶南北朝・宗炳論畫山水法言：「聖人含道暎物，賢者澄懷味像……夫以應目會心為理（天理）者，類之成巧，則目亦同應，心亦俱會，應會感神，神超理（自然之理）得。……於是閒居理氣、拂觴鳴琴，披圖幽對，坐究四荒，不違文勵之藂，獨應無人之野……萬趣融其神思，余復何為哉？暢神而已。」顯示創作態度首先得「拂觴鳴

㉛同前注，頁十五。

㉜同注㉚，頁十六。

㉝同注㉚，頁三四七。

㉞同注㉚，頁十四。

琴、披圖幽對」以「理氣」，以達「坐究四荒，不違天勵之藂，獨應無人之野」之心齋坐忘、上合自然之態度，因之「萬趣」融於「神思」；至「神暢」、「神超」，以至「目應心會」心手相應之天巧境界。表現畫者需自真山水之體會，與自然之相感應，而得以「成巧」，至「不以制小而累其似，此自然之勢」之創作態度；與莊子「天道」輪扁所言：「不徐不息、得之於心，應之於手」比觀，創作技巧，盡在斯矣。㉟

⑷同代王微《敘畫》更明白點出，創作態度需要透過作者之融通與變化而上通神明，其言曰：「且古人之作畫也，非以案城域……本乎形者融靈，而動變者心也……豈獨運諸指掌，亦以神明降之。」見其言心，在乃指畫者之心；所表現之形象，即畫者已透過「融靈」之心所「動變」而出者；見藝術創作乃是經由作者之心領神會所變化而出者。㊱

⑸至南齊・謝赫提出《六法》，評第一品諸人，見出其創作態度觀點，如評第一人陸探微曰：「窮理盡性，事絕言象。」表明惟有創作者，以「性」合「理」（自然），方得以成就「事絕言象」之作品；評第二人曹不興曰：「觀其風骨名豈虛成？」；評第三人衛協曰：「雖不說備形妙，頗得壯氣」；評第四人張墨、荀勗曰：「風範氣候，極妙參神。但取精靈，遺其骨法。若拘以體物，則未見精

㉟《中國畫論類編》，頁五八三。

㊱同前注，頁五八五。

粹。若取之象外，方厭膏腴。」見出其品評各家一以「事絕」與「言象」，一以「風骨」，一以「備形」與「壯氣」，一以「體物」與「象外」為品評標準；且言窮理盡性與極妙參神、但取精靈、遺起骨法等語；然則其創作態度乃在求窮天理、盡自然之情，且欲臻於此，則需以極妙之技能與「天理」應會以感神，至「萬趣融於神思」；作者方「取精靈」、「遺骨法」以表現創造之。因而所表現之創造必兼備「形」、「氣」、或曰「骨」、「風」、或曰「象」、「絕」兩者，以是謝赫品張墨、荀勗之畫曰：「若拘以體物，則未見精粹；若取之象外，方厭膏腴。」與其評陸、曹、衛各家之語，以「事絕言象」、以「風骨」、以「不備形妙、頗得壯氣」比觀，見出皆就「形」、「神」二者而為言。

若自其以「事絕言象」形容列於第一之陸探微觀之，則「絕象」者，乃為「取之象外」之意，亦「體物」之最高境界也。㊲

以上五則淺析魏晉南北朝人之畫論所顯示之繪畫創作態度，見出作者自體悟物象至傳神寫形，自心目應會至心手相應達於天工之創作過程，且所表現之創作品必臻於「事絕言象」，方為最高境界。此一創作態度，至唐・張璪則以異常簡賅之語明晰點出，其言曰：「外師造化，中得心源。」㊳蓋扼要說明創作之態度，根於作者以上應自然造化—即「師

㊲《中國畫論類編》，頁三五五。

㊳《中國畫論類編》，頁一九。

造化」，以融入作者心靈—即「中得心源」，以表現創作之。

張璪此種創作態度，表現於符載〈觀張員外畫松石序〉一文，其言曰：「觀夫張公之藝，非畫也，真道也。當其有事，已知遣去機巧、意冥玄化。而物在靈府，不在耳目；故得於心，應於手。孤姿絕狀，觸毫而出。氣交沖漠，與神為從。」㊴

符載、張璪皆為唐代聲聞之士，載官至監察御史，璪為尚書祠部郎，此文稱張璪為「張公」，直以其畫技為「藝」、為「道」，一如莊子梓慶、庖丁、承蜩老者之言，且以「遣去機巧、意冥玄化、物在靈府、得心應手、與神為徒。」為創作之態度表現，實在求臻於創作態度之最高境界，故有「孤姿絕狀、觸毫而出，氣交沖漠，與神為徒」之氣勢，一如莊子宋元君畫史之「解衣般礴」之氣概，以是「外師造化、中得心源」之意以明。且唐代貴冑之好畫，乃於身體力行之外，特發為議論，領受聲聞之士們之贊歎，豁然而明。

據以上析論，吾人可了解如下幾個問題：

⑴中國繪畫至魏晉，表現之創作態度，已在求透過作者心目之所見所感，以寫出物象之「神儀」。且作者以「遷想」捕捉物象之「妙」。

⑵至南朝宋，益加明白顯示創作在求得「理」（自然之理），且進而說明「以應目會心為理」乃在「目標、心

㊴同前注，頁二〇。

會、感神、神超」之過程，明示創作之層次與「神超」之最高創作態度。

⑶至南齊・謝赫，提出「窮理盡性、事絕言象」為創作之最高標準。

⑷唐・張璪則據前人之創作態度，提出「師造化」、「得心源」之總結論，時人符載讚美其創作態度之語，將其主張具體顯現。

⑸明見畫者體悟創作態度與過程之脈絡，以之與唐・李、杜題畫詩之感應體悟比觀，見唐時詩人與畫家體悟繪畫創作態度與過程之一致性，且依張璪、符載之善畫、知畫，見出畫家與文學家已有密切接觸之事實。

由是可知，經由魏晉南北朝醞釀而成之創作態度，至唐已完全成熟，且表現於文士之創作與贊賞間；促成詩人對繪畫藝術性之肯定與體悟，造成詩畫相融通現象，影響後世「詩畫合一」之明確立論。以上純就詩人體悟畫家創作態度，及依詩畫相友之現象，以見詩畫合一之成因為言。然而畫家完成創作之態度與過程，亦影響詩人創作，此可於「詩中有畫、畫中有詩」之王維作品見出，此為本論文重心之一，故別立一章析述之。雖則，詩人與繪畫之關係，至唐時已異常密切，繪畫創作亦已完全獨立為一藝術創作；且畫者之創作態度與作品藝術性，亦為其時詩人文士所體悟；然而畫家本身之社會地位，僅由「畫工」升為較受一、二詩人文士知遇之「畫師」，於唐代士族門閥為重之社會，依然僅為王室望門之附庸，比如有名之畫家閻立本，告戒其子曰：「吾少讀書，文詞不減儕輩，今以畫名，與廝役等；若曹慎勿習焉。」㊵，立本以受皇室知遇之寵幸地位，而有此言；足見其時風氣之一斑，且至韓偓依然以畫匠乎畫者，有詩句：「入意雲山輸畫匠」㊶，亦毋怪官至右丞、詩名遠播之王維，亦恥言善畫。故「詩畫合一」之立論，不成於唐，尚有待宋代東坡之完成與奠基矣！

㊵《中國畫論類編》九卷，頁一〇五。

㊶見〈俗語考原畫匠條〉。

參考書目與期刊

1.戴麗珠：《詩與畫》。

2.戴麗珠：《唐代文人題畫詩輯》。

3.孫熙春：《詩與畫的融通之始——淺談六朝題畫詩》。

4.楊學是：《空廊屋漏畫僧盡、梁上猶書天寶年——唐題畫詩研究》。

5.賀文榮：《論唐代山水題畫詩的時空藝術》。

6.施建中：《由唐人題畫詩觀唐畫寫實之論》。

7.嚴俊：《李白題畫詩作的審美意趣》。

8.楊學是：《李白題畫詩管窺——兼與杜甫題山水畫詩之比較》。

9.衛琪：《從杜甫的題畫詩看唐代幾位畫家的創作風貌》。

10.徐明：《杜甫題畫詩的傳播學觀照》。

11.張英：《杜甫題畫詩管窺》。

12 張晶：《杜甫題畫詩的審美標準》。

13.周瑾：《杜甫題畫詩的法與意》。

14.劉亮：《論唐五代題畫詩與同期山水畫審美精神的發展》。

15.王秀春：《論杜甫的題畫詩對後代題畫詩及文人畫的影響》。

國家圖書館出版品預行編目資料

蘇東坡詩文鑑賞 / 戴麗珠作. -- 初版. -- 臺北縣中和市：Airiti Press, 2008. 09
面；　公分
參考書目：面

ISBN 978-986-84307-5-4 (平裝)

845.16　　97017200

蘇東坡詩文鑑賞

作者／戴麗珠
責任編輯／嚴嘉雲
執行編輯／張碧娟
校對／林炫謀
封面設計／陳映茹

出版者／Airiti Press Inc.
台北縣永和市成功路一段80號18樓
電話：(02)2926-6006　傳真：(02)2231-7711
服務信箱：press@airiti.com
帳戶：華藝數位股份有限公司
銀行：玉山銀行 埔墘分行
帳號：0174-440-019696
法律顧問／立暘法律事務所 歐宇倫律師
ＩＳＢＮ／978-986-84307-5-4
出版日期／2008年9月初版
定　價／新台幣 417 元
（若需館際合作使用，請聯絡華藝：2926-6006）

airiti press

airiti press

airiti press

airiti press